NOS

robson viturino

de
outro
Lado
de
rio

Para Raquel

Não sabia se o rio se perdera num mundo afogado ou se o mundo afogara-se num rio sem limites.
WILLIAM FAULKNER, "Palmeiras Selvagens"

São Paulo havia de se erguer, intrépido; em São Paulo ardia o fogo sagrado; de São Paulo, terra de bandeirantes, sairiam novas bandeiras para a conquista da liberdade postergada.
GRACILIANO RAMOS, "São Bernardo"

parte 1

parte 2

parte 1

1

À porta do prédio cor-de-rosa na costa do Castelo de São Jorge, Nina tocou a campainha de novo – desta vez, com alguma impaciência. Enquanto ninguém atendia, observava os cacarecos religiosos e os móveis rococó através da janela protegida por grades de ferro. Era uma decoração que não lhe dizia nada sobre o seu entrevistado, assim como as ruínas das muralhas mouras e as fortificações que ela tinha visto das janelas do táxi.

– Quem é? – alguém falou pelo interfone.

– Nina Oliveira, do *Diário Paulista*!... Eu sou repórter.

– Tu estás aqui para falar com quem?

A voz que partia de dentro do apartamento era balbuciada, quase inaudível, e tinha um quê de irritação com sotaque lusitano.

– Com o J. B. Ele já sabe que eu estou aqui.

– Desculpe, senhorita, mas não estou a ouvir muito bem.

Fez-se um silêncio de alguns segundos, até que soou um balido elétrico e a porta foi finalmente aberta.

Nina subiu dois lances de escada carregando sua mala e se esforçando uma última vez para ajeitar os cabelos e a roupa amassada após quase onze horas de voo na classe econômica.

Ela parou diante do apartamento, fechou os olhos e respirou fundo. Falta pouco, ela pensou. Quando abriu os olhos, a porta estava entreaberta. Do lado de dentro, não se via mais do que um vulto.

– Eu sinto muito, senhorita, mas ele morreu esta madrugada.

A morte de J. B., embora estivesse "fora dos planos" de Nina naquele momento, era algo no qual ela tinha total interesse. Havia seis meses que ela estava debruçada sobre o obituário do dramaturgo Jerônimo Brickman, o J. B., como todos o chamavam. O trabalho estava quase pronto para a publicação. Havia fotos, depoimentos de críticos, acadêmicos, amigos e desafetos, um manuscrito inédito de cinquenta e tantos anos atrás – tudo com base em arquivos e outras fontes, pois nada fora dado por ele.

Nina conseguira o que precisava sem mencionar as palavras proibidas. Sua estratégia, que ela havia aprendido ao ler o perfil de um obituarista profissional, era evitar termos como "morte", "obituário" ou "legado". Aos entrevistados, dizia apenas estar "atualizando" as informações sobre J. B. Agora que quase tudo estava à mão, só faltava a "última entrevista". Aquela de que todos se lembrariam, por soar como o adeus do artista.

Entre uma recompensa e outra com o trabalho, ela se remoía em segredo. E se J. B. descobrisse que ela fora destacada para a tarefa, quando todos no Brasil imaginavam que ele não resistiria muito tempo ao segundo ataque do coração e à ponte de safena? E se desconfiasse que se tratava de uma publicação póstuma, "especial", daquelas que os jornalistas adiantam para se precaver da iminência de morte de figuras públicas como os papas, estrelas da novela das nove, jogadores da seleção brasileira de futebol, pilotos de Fórmula 1 e protagonistas do circo de Brasília?

– Como é?... O senhor está me dizendo...

– Sinto muito não terem te avisado.

– Eu não posso acreditar. Ele morreu?!... – Ela mal havia terminado a frase e já sentia o peso da última palavra. O peso da morte.

– Pois é, minha filha, a vida é assim. – Diante da sua incredulidade pairava a mensagem: "E daí que você atravessou o Atlântico, sua jornalistazinha? Uma pessoa morreu nesta casa e isso deveria ser muito mais importante". – Acho que ninguém fora ele sabia dessa entrevista.

– Meu Deus! Desculpe, mas... Eu sinto muito... muito mesmo.

– Fico feliz em saber. – Subitamente, o mensageiro do seu anfitrião adotara um ar de gozação e um sotaque estranho que já não era o do português ranzinza. – São poucos os que sentem.

– Eu não acredito. Morreu... morreu como?

– Os médicos dizem que de enfarte literário. Seu corpo não aguentou ficar tantas horas à procura de uma palavra.

A porta finalmente foi aberta. Atrás dela estava um homem muito diferente daquele jovem que, nos jornais de quatro décadas atrás, aparecia imitando os guerrilheiros guevarianos no cabelo sem corte e na barba mal-feita. Os olhos é que eram os mesmos. Olhos de menino, às vezes meio perdidos, mas sempre ansiosos para se tornarem donos da situação. Logo de cara, Nina pensou que, pessoalmente, ele não aparentava ser tão baixo; nas fotos recentes, era quase picníco. Tudo nele tinha linhas arredondadas: pescoço, queixo, nariz, ombros, cintura, cabelo. A silhueta rotunda e os gestos lentos confirmavam o que os boletins médicos diziam burocraticamente: J. B. estava em péssima forma, e se não começasse a se cuidar logo, muito em breve sairia de cena para sempre. A saúde frágil, contudo, não roubara a sua conhecida capacidade de criar uma atmosfera que alguns diziam ser anárquica, mas que era sobretudo cômica, e de dar a impressão de que era uma alma jovem em um corpo octogenário.

J. B. morava em Lisboa havia um ano e meio. Este fora o prêmio que ele se dera em 2003, após ser um dos primeiros artistas a receber uma indenização do Estado brasileiro por ter sido perseguido durante o regime militar. Na conclusão do seu caso, o Ministério da Justiça tinha ordenado que o governo depositasse um milhão e meio de reais na sua conta, além de garantir o direito a uma pensão vitalícia de 24 mil.

Antes de mudar-se para Portugal, baseado em um apartamento confortável na avenida São Luís, no Centro de São Paulo, vivia o melhor que a vida de dramaturgo e polemista bem-sucedido havia lhe reservado. Monopolizador de conversas, frequentava as mesas mais divertidas da cidade e, nos últimos anos, tornara-se *habitué* de colunas sociais, o que seria totalmente impensável no seu passado de revolucionário e o enchia de vaidade. Dizia-se trotskista, falava com orgulho das suas velhas conexões com artistas e intelectuais revolucionários de Moscou. Parecia ter lido tudo, conhecia todos os artistas importantes e brilhava mesmo quando inventava enredos fantásticos para tapar as lacunas na sua memória.

Depois de três casamentos, J. B. mantinha paqueras que jamais passavam do e-mail, mas eram o bálsamo da despedida, o último sinal daqueles anos em que jamais passaria despercebido. Decerto não sofria frustrações com os novos tempos. Poupar-se de crer na humanidade logo cedo se mostrara um caminho salutar, por isso estivera sempre a postos àquele tipo otimista que canta um futuro próspero; o que não queria dizer que fosse homem de agouros e pessimismos baratos; nada disso. J. B. era aquele gênero de equilibrista que samba sobre a corda, olha para os dois lados, saracoteia daqui e dali e nos brinda com um riso superior.

– Quer dizer que o seu jornal descobriu o meu esconderijo? – disse J. B. com sua voz altissonante, enquanto levava a bagagem de Nina para a pequena sala de estar com vista para o Tejo.

Sem obter resposta, e diante do que via nos olhos dela, aproximou-se da sacada, escancarou as janelas e voltou com um sorriso esperto no rosto.

– Está tudo bem?

– Tudo bem?! – retrucou Nina.

Na batalha Senso de urgência vs. Raiva e constrangimento, ela não tinha dúvidas sobre de que lado deveria ficar. Seu coração mandava processar tudo o mais rápido possível, recompor-se antes que fosse tarde.

J.B. respondeu com uma risadinha. Estava se divertindo.

Sobre a poltrona principal, de couro marrom e roto, descansava Miguel, o gato cinza que estava velho e gorducho como o dono.

Nina mal havia pisado em sua casa e ele já estava boquiaberto como uma besta velha. J.B. pensou como seria bom desejá-la a seco, sem a ajuda de nenhuma pílula milagrosa. Como seria bom desejar (a palavra que vinha à sua mente era desejar, mas possivelmente ele se referia a amar) profundamente. Sentir o calor se espalhar aos poucos, as fagulhas estalando no ritmo da respiração ofegante, até tomar conta de tudo como uma força que não poderia ser contida. No fim, não havia nada daquilo, mas ele estava feliz de ver um rosto diferente, bonito e diferente.

– Já esteve em Lisboa? – Num aparador próximo da janela ele procurava taças como alguém que nunca estivera lá antes.

Ele estava morrendo, pensou Nina.

Os sinais estavam todos ali, bastava observar a pele morena e sem viço, o semblante pesado sob um emaranhado de pelos grossos e grisalhos, a respiração carregando cada grama de oxigênio como se fosse um balão cheio de pedregulhos. Mas havia algo além da morte sucessiva das suas células. Ele ainda tinha um resto de força. Ainda viveria mais um pouco.

– Não, nunca. Ainda tenho a Europa inteira pela frente. Só conheço Barcelona, por causa de um intercâmbio. Não, obrigada, eu não vou beber. – Ele insistia. – Não, não. Obrigada.

– Lisboa é um bom ponto de partida para entender por que os europeus voltarão a comer o pão que o diabo amassou neste século – disse ele. – A primeira vez que eu vim à Europa eu tinha vinte e três anos, mais ou menos a sua idade, e fiz um roteiro que começou exatamente aqui.

Olhando para aquele homem, um ancião, embora sua alma não o aparentasse, Nina sorria e sofria ao mesmo tempo. Seria o apocalipse se ele soubesse do obituário. J. B. jamais entenderia. Ninguém entenderia. Mesmo que ela jurasse que aquele trabalho miserável era o trabalho da sua vida. Nem que dissesse que não havia nada tão importante para ela desde que mergulhara nas suas peças, que diante do obituário as outras tarefas se apequenavam, tornavam-se mesquinhas, que ela chegara a enfrentar seus editores para que pudesse continuar se dedicando àquele trabalho enquanto fazia outras matérias. Ou que sua entrega absoluta era uma forma de retribuir o que ela enxergara dentro de si ao ler as peças e pensar na vida dele. Não, ele não entenderia. Se ouvisse aquelas palavras, antes de qualquer coisa J. B. iria dar boas gargalhadas. E ela, que sempre fora a campeã no jogo de cintura, entraria no clima, rebentando sua pilha de nervos na forma de risos. O que viria depois só Deus sabe. Mas naquele dia nada disso foi dito. Para aliviar a tensão, Nina acendeu um Marlboro Light (ela sequer pensou em perguntar se poderia fazê-lo, pois a casa recendia a uma mistura de maconha, paredes úmidas, mobília carcomida por cupins, talco e hidratante de baunilha da Victoria's Secret).

Pouco depois, enquanto J. B. falava sobre os aluguéis em Lisboa, a brasa queimando rapidamente com o vento que entrava pela janela, ela ensaiava o que dizer caso a palavra "obituário" surgisse na conversa entre os dois. A chance disso acontecer era muito pequena e Nina tinha total consciência disso. Contudo, na presença de J. B. aquele pensamento saltitava à sua frente com a contumácia de uma ideia fixa.

Quando Nina se preparava para ligar o gravador, um barulho de chaves travou a conversa. Era Samara, a sobrinha de J. B. que vivia há quase vinte anos em Nova York e, após os problemas de saúde do seu tio, passara a tomar conta de tudo para ele.

Anunciada pelo tatalar dos saltos, ela surgiu cheia de energia e carregada de sacolas de butiques e lojas de *souvenirs*. Parecia portadora de uma notícia que não podia esperar e mal cumprimentou a desconhecida que se preparava para tomar notas das palavras de J. B.

– Quer saber das novidades? – disse ela com olhos de mulher decidida. Ao mesmo tempo, depositava as sacolas ao pé de um oratório em um canto meio escondido da sala.

J. B. ergueu as sobrancelhas (arredondadas) e se tornou subitamente apreensivo. Samara tinha consciência do seu alto grau de tédio e do requinte que esperava daquelas surpresas. O meio de fazê-lo feliz – ela logo pegou – era mudar radicalmente.

– Voltaremos ao Brasil – ela disse.
– O quê?! – perguntou J. B.
– Nossas passagens estão aqui. – Chacoalhou-as, depois de tirá-las furtivamente de um envelope. – Você está sofrendo demais longe de casa. Não podemos mais ficar aqui.

Desde que sofrera o segundo infarto, dois meses antes, J. B. se sentia cansado o dia todo e passara a se queixar da falta que faziam os amigos do Brasil. Embora fosse tranquila, sua vida antes disso permitia que ele mantivesse a rotina dos bons tempos – textos para diversos jornais no Brasil, correspondência, um livro de memórias para terminar, internet, passeios de barco, além dos vários contratempos na vida de um expatriado por opção. Mas o tempo agora era outro e o dia passava penoso, exasperando-o facilmente e fazendo com que toda tarefa representasse um fardo. Um simples artigo de 1.500 toques, que anos antes ele dizia escrever enquanto as visitas terminavam a sobremesa, passou a ser uma batalha diante do computador.

– O que você está me dizendo?

– Temos menos de três dias para arrumar as malas. Não está contente? – disse Samara. Seu sorriso era confiante, quase prepotente. Os saltos, além de deixarem-na uns dez centímetros maior que J.B., adensavam a impressão de que ela dava as cartas.

– Essa minha sobrinha é doida – disse ele, visivelmente satisfeito.

Só mais tarde Nina entenderia que, embora nada o prendesse a Lisboa, era o máximo se despedir do pequeno círculo social de dramaturgos, escritores, atores e beberrões, liquidar dívidas, regalar-se uma última vez no Pap'Açôrda, desfazer o contrato de aluguel da casa, fazer as últimas compras, reunir documentos, empilhar malas, enfim, deixar uma vida às pressas. Isso ressuscitaria um pouco dos velhos tempos e talvez o lembrasse que ele continuava vivo. Além do mais, quando deixara o Brasil, a ideia de viver seus últimos anos na terra amada pelos seus avós (um comerciante inglês e uma mulata filha de uma lavadeira) parecia ter algum significado. Desde então, não só a morte não dera as caras, como de vez em quando Samara surgia com alguma reviravolta capaz de fazer seu sangue ferver novamente.

J.B. deslizou Miguel do seu colo para um canto da poltrona e seguiu na direção da janela de onde se avistava o Tejo. Samara e Nina o acompanharam com os olhos sem dizer nada.

Em Lisboa, São Paulo ou qualquer lugar do mundo, o que ainda viria pela frente? O que mais havia para se viver? O que lhe seria reservado àquela altura de sua existência? Sono, fome, tesão, ódio, morte parcelada, indiferença, frio, calor, frio, calor, vista cansada, manchas na pele, feridas que não fecham, dores que se multiplicam pela quantidade de dias que se quer sobreviver, ou somente o peito aberto na mão de estranhos sobre uma mesa de operação? Por que a luta? Por quê? O que havia por ser feito? Onde estava o sentimento de quem não quer ir embora, onde estavam as unhas cravadas na vida de que tanto se fala? No caso dele, aquilo não existia. A questão era simplesmente quantos recomeços seriam capazes de fazer seu coração continuar batendo.

2

Desde que J. B. tinha voltado para São Paulo, o nome de José Carlos Lobo, o Zeca, era um dos que nunca faltavam na lista de convidados das festas quinzenais que aconteciam sempre às quartas-feiras, no pequeno latifúndio que o artista alugara no edifício Prudência, número 235 da avenida Higienópolis.

Era uma farra regada a uísque, vinho tinto de boa qualidade e, nas noites mais animadas, Veuve Clicquot e Dom Pérignon – tudo servido por garçons insolentes que pareciam modelos e sabiam de cor o nome e a bebida predileta dos convidados, além do assunto ao qual eles se rendiam quando bebiam demais ou aonde deveriam ir se quisessem terminar a noite com algo mais pesado. Para os comensais, havia as bandejas forradas com *terrine* de *foie gras* e caviar. Um minibanquete informal, que se iniciava no finzinho de tarde e seguia até meia-noite, sempre com a presença castradora, porém sorridente, de Samara e seus empregados.

– Zeca, fico feliz em ter você aqui com a gente – disse J. B. numa de suas primeiras visitas.

– Eu é que agradeço pelo convite.

Ele havia sido introduzido às festas por Felipe Lobo, um tio que era velho conhecido do dramaturgo e trabalhava como roteirista-chefe de novelas na Globo. Bom de papo e influente, ele tentava enturmar o jovem economista que chegara poucos meses antes do Rio de Janeiro.

– Me disseram que você escreve – disse J. B., os olhos tilintando e uma taça na mão. – E hoje, fez ao menos uma página?

Samara conduzia-o pelo braço sem falar nada.

– Até a próxima, Zeca.

No início da madrugada, Samara começava a apagar luzes aqui e acolá, cessava o serviço e, se fosse preciso, enfiava-se no meio das rodas para pôr fim às conversas. Esse era o regulamento: quando ela desse o sinal, quisesse ou não J. B., os convidados iriam embora.

– Acabou a farra, bonitão – dizia Judite, a faz-tudo de Samara que havia chegado há cinco anos de Iguaí, no interior da Bahia, e competia em insolência com os garçons. – Pelo menos aqui, na área VIP da casa.

Zeca notara que os demais frequentadores não sabiam muita coisa a respeito de Samara. Vez ou outra algum convidado comentava algo sobre a sobrinha de J. B. que vivia nos Estados Unidos e era como uma filha, mas o assunto morria ali mesmo. Tudo o que se sabia de objetivo sobre ela era que seu pai morrera aos quarenta e poucos anos por causa de um ataque fulminante do coração e que J. B. ajudara a cunhada e a sobrinha por um tempo. Mais tarde, no início da década de 90, Samara tinha se mudado para Nova York com o namorado. Com o fim da relação, ele voltou ao Brasil e ela decidiu ficar por lá sozinha.

Alguns comentavam que ela havia apostado pra valer na carreira de atriz e chegara a fazer cursos vocais em Londres, porém nunca conseguira um papel que não fosse uma variação de Gabriela – fosse na cama ou na cozinha, ela sempre era a latina de biquinho vermelho e bunda arrebitada. No final daquelas noites embriagadas, a conclusão de Zeca quase sempre era que, antes do reencontro com J. B., ela vivia não se sabe como nem de quê. Sua mãe, de quem tampouco se sabia muita coisa, tinha morrido há coisa de um ano, ao ser atropelada na saída de um ônibus.

Samara tinha pele morena clara e estatura mediana; os cabelos repicados até a altura dos ombros, pintados de um preto escuro, quase azulado, estavam sempre soltos e posicionados para esconder a raposa malfeita e desbotada que marcava sua nuca como lembrança da sua primeira e única experiência com heroína. A juventude aos poucos era deixada para trás, mas ainda mantinha traços em um corpo bem-feito, já não tão firme, mas que sabia ocupar os espaços com astúcia. De vez em quando, depois de fumar um baseado na lavanderia, seus olhos, também escuros, deixavam escapar uma lascívia que logo era contida para dar lugar novamente ao general de saias que cuidava do território de J. B.

Em troca da dedicação absoluta, J. B. a carregava para onde quer que fosse. Nos almoços com escritores em Lisboa, nas esticadas a Madri e Paris, nas recepções das quais participava como embaixador cultural na Quinta de Milflores, ou, agora em São Paulo, nos seminários sobre artes cênicas em universidades, nos jantares com produtores e nas festas de quarta-feira lá estava ela, montada sobre seu salto alto a fazer uma guarda incorruptível de uma torre que ficava à sombra de seu tio.

Zeca imaginava que, como muitas mulheres que viviam a cargo de um homem importante, Samara devia ter seus momentos de lágrimas e lamentações. Porém, ao final de cada dia, ela também devia sentir uma vivacidade que jamais experimentara antes.

– Por que você não para de olhar pra ela e repara no que está aqui do seu lado? – dizia Judite, que no fim da noite sempre estava zureta, depois de várias talagadas de conhaque na cozinha.

De fato, estudar os passos de Samara era o passatempo predileto de Zeca. Logo no primeiro encontro ele despertara para o apelo dela por alguém de confiança que fizesse o seu jogo.

Como a sobrinha de J. B. assumira tudo o que dizia respeito à sua vida, era imprescindível ter acesso à história daqueles que frequentavam sua casa. Zeca, que havia acabado de chegar, gostara da brincadeira, partilhando com ela tudo o que sabia a respeito dos convidados. Essa cumplicidade ocorria por meio de uma comunicação que, quando não era feita de sinais que só eles entendiam, formava-se de duas ou três palavras que resumiam um caráter. Algo como:

"Esse aí é carçudo", o que, na linguagem deles, significava uma boa pessoa, ou simplesmente "um dos nossos". Havia também aqueles "da facção", o que queria dizer que tinham muitas conexões, e os "Prufocks", que eram os velhos muito velhos que, como dizia o poema de T. S. Eliot que J. B. adorava, tinham até os fundilhos das calças amarrotados.

Em troca, durante uma orientação para o garçom ou um cochicho ao pé do ouvido de um convidado, um olhar fortuito, quase imperceptível, provocava em Zeca algo que parecia impossível naquele ambiente repleto de gente, sobretudo homens, mastigando e soltando gargalhadas. Às vezes, convencida de que ele merecia um prêmio, ela o arrastava para um canto escuro da casa, voltava a ser Gabriela e prestava sua homenagem.

Tertúlias literárias não faziam o tipo de J. B., muito menos naquela fase da vida. Quanto mais velho, mais ele detestava maneirismos que o fizessem parecer um homem do mundo das artes. Na companhia da intelligentsia paulistana, cada vez mais ele preferia não só parecer, mas verdadeiramente se portar como um bobo da corte, um sujeito culto, porém banal, não raro banalíssimo, que não levava nada muito a sério. Diante disso, Zeca sabia que a discussão sobre o que estava escrevendo jamais aconteceria. Mas aquilo pouco importava: ficar de olho em Samara era mesmo o que ele queria nas visitas de quarta-feira.

Tão logo os dois tinham se conhecido, Zeca notara o seu esforço para manter J. B. em alta. Estava na cara para quem quisesse ver que a ideia das festas partia da sua mente prática e ambiciosa. Observando-a à distância, ele jamais deixara de se surpreender com sua habilidade para conduzir as discussões dos convidados a um ponto em que seria inevitável mencionar o estado do seu tio. Samara dizia ser inacreditável como ele estava vivo e forte. – Mais do que todos nós. – No começo, pensara que fosse chama

passageira, mas com o tempo viu que era para valer.
– O J. B. está escrevendo como nos melhores tempos – ela dizia enquanto observava a movimentação em cada canto da casa.

Depois do calvário que haviam sido os últimos meses em Lisboa, o retorno a São Paulo fora um revigorante para seu espírito criativo. Agora, em meio a uma nova explosão de vitalidade, ele voltava a enfrentar o trabalho com a energia dos melhores tempos.

– O homem está a mil! – ela dizia.

Quem seguisse o personagem que ela havia criado, nada encontraria do J. B. valetudinário cuja edição *post mortem* estava guardada nos arquivos de um jornal, à espera de ser publicada. Havia, sim, o ser humano em pleno exercício dos músculos da imaginação, ou melhor, o animal sedento que recusava o que a vida reservava àqueles que enxergam o centenário mais perto que o pico do Jaraguá. Ora, o caso dele era outro, completamente outro: ali estava um autor no cume de uma carreira que nunca chegaria ao cume fatal. Sua história ainda tinha muito por ser escrita, e por isso todos deveriam encarar aqueles encontros como um privilégio em muitos aspectos, mas principalmente porque assistiriam ao crepúsculo do artista.

Graças ao empenho de Samara, as festas eram sempre movimentadas. Compareciam jovens atores, produtores e roteiristas de televisão, agentes de artistas, críticos de teatro, modelos, relações públicas e *socialites*, muitos dos quais J. B. nunca tinha visto antes.

Para Samara, nada disso importava, desde que aquela bagunça ajudasse a preservar o mito em torno do seu tio.

– Me põe por cima dessa vez.
– Eu tenho que ir embora, Judite.
– Deixa de ser bobo. Hoje é a folga da Jandira. O quarto é só meu.

– Não posso, eu já disse.
– Você gosta que eu implore, não é?... Então eu imploro.
– ...
– Fica.
– Não vai dar.
– Não, é?...

3

O taxista pisava fundo, explorando com precisão milimétrica o asfalto carcomido da pista expressa da marginal Tietê. Atrás de vidros escuros que dificultavam a visão de quem estava do lado de fora, o laptop de Nina dançava com as manobras, iluminando o interior do carro às custas de pouco mais de cem palavras.

Para um homem como Jerônimo Brickman, o fim desejável daria conta de derrubá-lo de uma só vez. A morte surgiria de súbito numa galopada furiosa, pronta para liquidá-lo. Um coice e nada mais. Sua figura impagável, esperta e invulgar seguiria com suas linhas arredondadas para debaixo de quilos de terra, ou seria lançada na forma de cinzas sobre o maior dos palcos. Não haveria entreatos, tampouco aplausos antes da hora. Como um vulto, sem que outro ser humano notasse, a morte iria entrar e sair do seu corpo, fulminante e arrasadora. Jogar xadrez com ela nunca estivera nos seus planos. Apesar disso, a vez de J.B. chegou ao som de um tique-taque delicado e cerimonioso.

Meia dúzia de linhas que ela redigira sabe-se lá por quê. Nem ela sabia. Possivelmente se tratava de um desagravo para consigo mesma: o pouco que ela havia extraído de J.B. para si, e não para o *Diário*, era o que a puxava para baixo. Tanto o que perguntar, que descobrir, que confrontar com a sua máquina treinada e desejosa e afiada de fazer perguntas, e o maldito lhe dera apenas 15 minutos. Nada mais.

Em Lisboa, tão logo se falou no retorno a São Paulo, Samara instalou-se no centro da sala como uma matrona e impôs novos termos à entrevista. – Você não pode continuar essa conversa em São

Paulo? – ela perguntou. – Lá você pode fazer seu trabalho com muito mais calma. E deve haver tantos livros, fotos, diários, caixas e mais caixas...

Era difícil de acreditar, mas a passagem de Nina por Portugal três meses antes servira somente para que ela fosse apresentada a J. B. por meio de uma performance cujo ponto alto seria um número sobre morte e literatura. Um prelúdio disfarçado de primeiro encontro. Para completar, ainda a intrigava aquele súbito retorno a São Paulo. Afinal, o que ele esperava?, Nina se perguntava. Partindo de alguém que estava há quase dois anos no Velho Mundo, poderia ser um genuíno sentimento de atração pelo seu lugar? Ou seria mais um presságio de morte?

– Desde o início ela não foi com a minha cara – relatou Nina ao seu editor assim que chegou a São Paulo. – Ela sequer fez questão de me cumprimentar!... Nem olhou pra mim! – indignava-se, sem dar tempo para que seu editor falasse coisa alguma.

– O ator Geraldo Porto, um velho amigo do J. B., que passou um tempo em Lisboa, contou que ela era uma atriz de teatro fracassada e estava louca por um marido para melhorar de vida – disse ela, esforçando-se para não lançar algo contundente como "desse um jeito na sua vida de merda", afinal, uma colocação como essa talvez revelasse o tipo de envolvimento que irrompia entre ela e seu personagem-agonizante.

– Apareceu o J. B. e sabe como ela reagiu? Ela culpa o cara por ter abandonado o teatro. Dá pra acreditar? E mais: – Há alguns anos ele passou por Lisboa depois de conversar com alunos na Universidade de Coimbra. A Samara descobriu que ele estava hospedado no Janelas Verdes e fez uma visita-surpresa com lágrimas nos olhos e trechos de peças dele na ponta da língua.

A verdade era que tinha sido muito desgosto para Nina ter aquele sujeito todo ali, de frente para ela, tão próximo quanto inacessível, e não tomar nenhuma atitude. Aquilo não podia ter acontecido.

Em pouco tempo, Nina tornara-se obcecada pelo trabalho. Ela atravessava os dias lendo e relendo tudo o que encontrava a respeito de J.B., como se aquilo fosse a sua salvação. Aos trinta e um anos, recém-abandonada após um casamento que havia durado apenas três meses, Nina recebia como uma dádiva o fascínio que brotava a cada dia. Se aquilo era genuíno, ela não sabia, mas funcionava, e uma dádiva que *funcionasse*, isto é, a livrasse de ter que pensar na vida, era do que ela mais precisava.

O carro avançava sob a ponte do Piqueri, na divisa entre as regiões Norte e Oeste de São Paulo. Do lado esquerdo, estava o Tietê, um rio moribundo que corria por dezenas de quilômetros através da cidade.

No banco traseiro do táxi que a levava para casa, Nina observava os pontos de ônibus onde se concentravam as pessoas que retornavam às suas casas após um dia de trabalho. Também havia os ambulantes correndo entre os carros para tirar um trocado com a venda de amendoim torrado, carregadores de celular, guarda-chuvas, mapas e outras bugigangas.

Em meio ao vozerio de feira aberta e à ruidosa passagem de mais uma centena de veículos a cada minuto, olhares cúmplices se encontravam. Era a desordem, e com ela toda a sua carga de expectativas, sirenes, buzinas, miasmas, vertigens, contas para pagar, atrasos de menstruação, nuvens de poeira e lixo sob luzes amarelas, unhas roídas, estômagos roncando, financiamentos em 48 vezes "sem juros".

– Por favor, dá pra reduzir um pouco a velocidade? – disse Nina.

– Opa, a senhora aqui é quem manda – disse o taxista.

Entre os chorões à margem do rio, via-se uma pequena embarcação navegando na direção norte. De longe, ouvia-se o motor claudicante.

– O senhor está enxergando aquela luz ali no rio?
– Sim – disse o motorista. – Que diacho... É um barquinho? Deve ser, só pode ser. Ouve o motor do bicho. Não, não: é uma balsa! – Após alguns segundos, e diante do silêncio que se seguiu à sua descoberta, repetiu meio sem graça. – É uma balsa.

Embora não entendesse o que estava por trás do interesse da passageira, o motorista tirou ainda mais o pé do acelerador e conduziu o carro para a faixa da esquerda, de onde seria mais fácil acompanhar a passagem lenta e ruidosa da pequena embarcação pelo Tietê.

– Não dá pra ver muita coisa, né?... Uma pena.
– Tudo bem. Daqui está ótimo.

Da tela do seu celular, saltou uma alerta indicando o recebimento de uma mensagem de texto.

Oi, Nina. Tudo bem? Estou te escrevendo para dizer que já retirei as minhas coisas de casa. Ficou uma bagunça, mas eu já pedi para a Terezinha passar lá amanhã para limpar. Um beijo, Paula.

Um ano e meio de namoro e três meses morando juntas, e agora toda a sua cortesia se resumia a providenciar uma faxineira para limpar o apartamento após sua partida. Maldita filha da puta, pensou Nina.

Desde a primeira adolescência, Nina ansiara por um sentimento de grandeza que ela própria nunca entendera muito bem, tampouco encontrara na maior de suas rebeldias. Era uma grandeza que emergiria de um chamado interno, algo como a primeira vez que ela se entregara a outra mulher. Ou então seria como a sonhada estrada para o mais distante, com a sua toca repleta de sacrifícios, amores e músicas para a alma. Algo que não só os livros e filmes prometiam, mas que deveria fazer parte de uma existência extraordinária. Transcendência era a palavra. Ela não sabia como, mas queria transcender. Agarrar a vida. Queria uma história verdadeira, e por muito tempo esteve certa de que aquilo lhe seria reservado como um direito, ou uma sina.

Antes de conhecer Paula, ela havia se atirado no trabalho voluntário como acompanhante de parto e numa viagem a Angola.

Durante períodos que nunca ultrapassavam dois anos, os orgasmos com outras mulheres, o calor ao segurar a mão das mães prestes a dar à luz ou o êxtase do kuduro dançado pelos africanos ocuparam um espaço incomensurável na sua vida. Aquilo era algo do qual ela não tinha como fugir. Estava impresso nas suas células, ela dizia aos amigos, como o cientista que acabou de fazer a descoberta mais importante de sua vida.

Ao chegar com seu jeito calmo, ponderado e responsável, Paula a ajudara a canalizar essa energia para a vida familiar – a casa, as flores, os livros, o jantar, os filhos que elas teriam. Mas tudo isso acabara.

São Paulo, com seus dez milhões de habitantes, teria muitos outros na mesma barca? E Lisboa, Lima, Macau, Tóquio, Londres, Istambul, onde escondiam seus pares? Impossível dizer. O que ela sabia era que J. B., do alto dos seus oitenta e poucos anos, parecia estar com ela como ninguém.

Nina subitamente começou a pensar que não havia lugar para se sentir tão abandonado e desligado do mundo dos afetos quanto São Paulo, às margens do rio Tietê. Ali a vida estava sempre de passagem, não fincava raízes. Se realmente existisse algo que pudesse ser chamado de "o desejo das coisas", seria possível dizer que tudo naquelas bandas desejava fugir e nunca mais voltar – pedras, grama, chorões, primaveras, tabiques, motéis, oficinas mecânicas, estádios de futebol, carrinhos de catadores de papelão, shopping centers, parquinhos, galpões, viadutos, praças, tudo parecia gritar desesperadamente por um novo metro quadrado na Terra.

4

Durante as festinhas quinzenais, acontecimentos prosaicos invariavelmente ganhavam contornos dramáticos aos olhos de Samara. Qualquer marca de dedo nas taças de cristal, poeira nos móveis ou atraso dos funcionários tinha o poder de carregar a atmosfera como se fosse um evento trágico, pessoal, o verdadeiro fim do mundo. A essas faltas seguiam-se chapuletadas em quem estivesse por perto, fazendo que alguns empregados se escondessem pelos cantos da casa por temer o que poderia vir depois daquelas explosões com forte sotaque paulistano.

Ninguém ousava ficar parado enquanto os outros trabalhavam. Até mesmo Jacinto, o motorista recém-contratado de J. B., quando não tinha o que transportar, se virava secando louças, arrastando a mobília, varrendo o chão aqui e ali ou simplesmente andando de um lado para outro.

O bipe dos *walk talkies* embalava o corre-corre. O aparelho, uma ideia de Samara para os dias mais movimentados, fora apresentado por ela como um meio de dinamizar a comunicação no trabalho, mas logo imprimira novo ritmo também à circulação das fofocas.

Era parte da rotina dos empregados se enfiar no banheiro ou na sala de tevê para papear nas linhas reservadas. Samara sempre pescava algo no ar e não descansava enquanto não pusesse fim à recreação. Numa dessas ocasiões, Lurdes, a faxineira, decidira declarar todo seu ódio por aquela "maconheirinha interesseira". Com um radar infalível para localizar quem estivesse burlando o trabalho, Samara estacou diante de Lurdes, arregalou os dois olhos negros e ficou encarando-a sem dizer nada, até perturbá-la de tal maneira que suas explicações começaram a sair desconexas, entre gaguejos e tosses, como se ditas por um bandido preso em flagrante.

Samara passava como uma tempestade pela cozinha. Em um dos encontros, ficara indignada com a indefinição da baixela onde seria servida a entrada para os convidados e dera o show costumeiro com seus berros, dedos em riste, tapas na mesa e frases entrecortadas. Pelo que se entendia, ela declarava todos ali parte de um bando de retardados com cara de coitadinhos que, por causa de uma invenção chamada assédio moral, passaram a ser chamados de "gente que está começando e precisa de uma oportunidade". Judite suspendeu a respiração por alguns segundos e saiu atrás de um milagre, voltando com a baixela de prata que era a preferida da patroa, mas de nada adiantou. A mulher continuou um belzebu.

Em pouco tempo, os domínios de Samara se estendiam pela casa. Para Gérard e Heloise Vignale, um casal de franceses que desembarcaram no Brasil para promover espetáculos musicais estrangeiros, aquela era "mais uma surpresa agradável" de São Paulo. – Graças a você, a vida do J. B. parece ter ficado muito mais divertida – disse Heloise.

Era inegável que, antes da chegada de Samara, a casa de J. B. parecia abandonada, com livros, fotos e quadros empoeirados por todos os lados.

Em poucos meses, Samara vendeu o apartamento da avenida São Luís e alugou um quase duas vezes maior em Higienópolis. Depois substituiu seus móveis coloniais antigos por um mobiliário moderno encomendado em lojas da Alameda Gabriel Monteiro da Silva, no Jardim América. Os quadros foram todos substituídos, com exceção do retrato do dramaturgo feito por Flávio de Carvalho, que J. B. conhecera no início da década de 70, pouco antes da morte do autor de *Experiência nº 2*.

A tela com o retrato psicológico foi o único item que J. B. fizera questão de manter. Dos traços feitos a nanquim, o pintor o apresentava como um artista que estava mais para um bufão exibindo qualquer coisa de sábio e sensível, com um olhar esperto e desejoso de várias coisas, algo pantagruélico, entre linhas exageradamente arredondadas. Quando bateu os olhos na tela pela primeira vez, Samara achou difícil gostar daquele quadro, pois seu tio parecia brincar com os sentimentos de quem olhava para ele. Além disso, havia algo de caprichoso nele: era como se dissesse que ali, entre aquelas paredes, ela estaria sempre em desvantagem.

Quando os convidados davam o primeiro passo na sala, se deparavam com uma pequena coleção de obras de arte de várias épocas e lugares do mundo, parte delas adquirida em viagens pela Europa. Além do retrato de J. B., chamava a atenção um pilar de mármore branco sobre o qual havia um vaso que ela dizia desdenhosamente ser de alguma dinastia chinesa. Também havia um Iberê Camargo e um Banksy, este último uma ideia de Samara, além de uma coleção de santos barrocos, com destaque para um falso Aleijadinho disposto próximo às fotos de J. B. em várias fases da vida. As mais antigas ficavam mais ou menos espalhadas e exibiam o escritor ao lado de Paulo Autran, Nelson Rodrigues, Baryshnikov, Cacilda Becker, Ziembinski e Pina Bausch.

Volta e meia os amigos de J. B. se perguntavam se o artista chegava aos seus últimos anos com o sentimento de missão cumprida e em paz, ou se ainda lutava contra alguns dos seus fantasmas.

Muitos buscavam uma pista na imprensa onde, tempos antes, suas crônicas a respeito dos adultérios dos políticos europeus, das casas de suingue que pipocavam em São Paulo ou da sujeira dos cachorros aristocratas de Higienópolis motivavam polêmicas que atravessavam semanas. Mas o que se lia desde o seu primeiro infarto eram piruetas para manter a audiência; infelizmente, nada além disso. Era preciso aceitar que, aos poucos, seus excessos passavam a ser perdoados (e ignorados) como os primeiros vestígios de senilidade. Era a forma sutil de dizer: "Morra quieto no seu canto, seu velho infeliz".

Um rebelde, um artista, um sobrevivente do mundo das letras, diziam uns poucos que ainda o tratavam como um velho usando uma peça desbotada – e autêntica – de anarquismo. Esses não queriam enxergar que, por trás do destempero verbal e das idiossincrasias, J. B. agonizava lentamente. Não percebiam sequer que, como já estava mais para lá do que para cá, ninguém mais se dava ao trabalho de comprar brigas com ele.

Em um dos seus artigos publicados no *Estadão*, no qual reproduzia um diálogo com um amigo, lia-se que, ao ser questionado se era mesmo anarquista, J. B. se saíra com a seguinte resposta: – Não sou anarquista coisa nenhuma. Na verdade, vivo uma espécie de retorno à infância, que é o período da anarquia original. – E por fim: – É quando se pode frequentar Brasília ou o Mosteiro de São Bento sem o pudor da maturidade, isto é, liberando suas flatulências como todos os que lá vivem há tempos.

Se tivessem sido publicadas anos antes, aquelas palavras causariam um breve alvoroço. Haveriam cartas e e-mails na redação, manifestos da Igreja Católica, telefonemas de capachos de Brasília criticando o autor. Ninguém se manifestou.

Diante dessa realidade, Samara traçava planos e mais planos. Era dela o desafio de mantê-lo distante de todos que pudessem expor seu estado frágil e gradualmente senil.

Dona da agenda de J. B., ela ressurgia com uma história melhor que a outra a cada tentativa de Nina para remarcar a entrevista.

– Não é implicância. Ela sempre tem um repertório na ponta da língua – queixava-se Nina ao seu editor. Era a leitura de uma peça na casa de um amigo, uma festa na Av. Higienópolis, um compromisso de última hora no quinto dos infernos, ou simplesmente a dedicação ao trabalho, que rendia como nunca e não podia esperar. Suas respostas eram sempre diretas ("afiadíssima" foi a palavra que Nina escolhera para defini-la em suas anotações. "Mas nunca parece estar mentindo"). Estava claro que, na defesa de J. B., brilhava a atriz que ela não fora nos palcos.

Após a entrevista malsucedida em Lisboa, novos encontros com o escritor tinham sido marcados e desmarcados pelo menos meia dúzia de vezes. Esperançosa, Nina aguardava a hora certa para dar um olé em Samara e passar algum tempo com aquele sujeito fascinante que, por uma peça do destino, surgira em sua vida como tema de um obituário.

– Querida, o J. B. não vê a hora de retomar essa entrevista – disse Samara em um desses contatos. – Ele sempre me pergunta sobre aquela menina simpática que nos visitou em Lisboa e eu digo que ela logo virá nos ver de novo. Mas é preciso fazer isso na hora certa, você entende?

– A questão é que... – insistiu Nina.

– Escute, garota, a agenda de J. B. tem compromissos marcados até o final do ano. São cinco meses de muito trabalho em várias partes do Brasil. Tudo isso dará um material fantástico para você colocar na reportagem do seu jornal.

– Samara, deixa eu te dizer uma coisa...

– Me liga dentro de duas semanas. Eu não sei como estarão as coisas por aqui, mas eu prometo me esforçar para que o J. B. tire um tempinho para falar com você.

5

— Uma biografia? — respondeu Nina ao crítico de cinema John John Ribamar de Souza. — Só você pra me fazer rir no meio de tanto trabalho.

Diante da pergunta de John, se houvesse algum vestígio de bom humor no rosto de Nina, este certamente seria uma dessas expressões distorcidas que surgem como forma de sobreviver ao meio. No fundo, ela não sabia onde enfiar a cara toda vez que alguém perguntava o que faria após a morte de J. B. e a publicação do obituário sobre o dramaturgo. A especulação era previsível, já que a sua tenacidade com o trabalho estava muito além do que se praticava na produção de uma edição especial.

Sobre sua mesa se acumulavam pilhas de livros de autoria de J. B. e de estudiosos da sua obra. Também havia xerox de matérias e teses acadêmicas com post its e anotações por todos os lados, além de reproduções de fotos tiradas desde a década de 60 e CDs com etiquetas que traziam nomes de pessoas célebres e anônimas. John olhava aquela zona sem disfarçar uma mistura de admiração, tesão e curiosidade.

Ele olhava para aquela mesa como se ela fosse um buraco negro capaz de atrair todos os astros do universo Jerônimo Brickman. Não importava o tamanho ou a forma da encrenca: se esta estivesse em algum ponto do cosmo, mais cedo ou mais tarde entraria na redação do *Diário* e estacionaria naquela mesa.

— E por que não? — insistiu John. — Pelo visto você tem tudo sobre o cara.

— Tudo?! Quem me dera — disse ela, enquanto revolvia a papelada sobre a mesa fingindo procurar alguma coisa. — Para um obituário eu até tenho bastante material — disse, baixando os olhos antes de continuar. – Mas isso aqui não daria nem para começar uma biografia. Escrever um livro dá trabalho, exige anos de pesquisa, e eu entrei nessa outro dia.

– Ele tem colaborado? – Como Nina não olhava para ele enquanto respondia às perguntas, John folheava uma revista *Bravo!* que havia retirado de uma das pilhas e trazia J. B. na capa. Seus meneios de cabeça eram mais que reverência: John estava suplicando por atenção.

– Haannnn. Digamos que mais ou menos – disse Nina.

– O filme inspirado na primeira peça dele... Qual é mesmo o nome?

– *Frenesi de um outro bastardo.*

– Esse mesmo. É uma porcaria.

– É, eu sei.

Por mais alguns minutos, John permaneceu de pé, ao lado de sua mesa. Ele folheava os livros e comentava baixinho qualquer coisa sobre eles. Nina, que desde o início não estivera nem um pouco inclinada a fazer conferências informais sobre J. B., começava a ficar inquieta. Ela se dava conta de que, ao não dar um chega pra lá em John, era conivente com suas tentativas de aproximação cada dia mais frequentes e menos sorrateiras.

– John John, vem cá, eu tenho uma curiosidade. Eu não, todos aqui na redação – disse Nina em voz alta, despertando de imediato o interesse dele e o riso de dois editores que estavam por perto. – O seu nome... John John, certo?... É assim mesmo?

– Sim.

– Deve haver um bom motivo para você ter um nome tão...

– Especial.

– Isso.

– Existe sim.

– E eu posso saber qual é?

– Bom, pra começar, minha mãe é superfã dos astros dos *sixties* – Kennedy, Marylin, Bogart e companhia, sabe? Ela era louca pela revista *Manchete*. Como eu nasci em 25 de novembro, no mesmo dia que o filho do Kennedy, ela escolheu esse nome.

John estava vestido como um metrossexual e meticulosamente despenteado (para chegar àquele resultado, ficava uns dez minutos diante do espelho). Os adereços pop – camiseta de bandas como Nirvana, tênis All Star de cadarço vermelho, tatuagem do Horácio da Turma da Mônica no antebraço – eram balanceados por um blazer Hugo Boss e uma calça Diesel. Era, como diziam, o homem formando o prazer de confeccionar um ser humano capaz de causar tesão nele próprio, para depois dar conta do resto do universo. Não era uma tarefa muito fácil imaginar aquele cara enorme (John era realmente grande, do tipo que todo mundo percebe que chegou a uma festa: alto, largo nas costas, o rosto amplo e bem-feito apesar das narinas do diâmetro de uma bola de gude), bem-vestido e perfumado – estiloso, ou descolado, como agora diziam as mulheres –, expandindo os horizontes dos leitores com seus conhecimentos sobre a sétima arte.

Enquanto ele contava piadas usando o próprio nome e se esforçava para chamar a atenção, Nina recomeçava uma contabilidade cujo passivo parecia prestes a esmagá-la. Havia meses que a sua vida se tornara uma vigília obstinada atrás de um homem que poderia conduzi-la a um mundo de ideias e sentimentos elevados (o que, para ela, significava estar livre de discussões sobre casamento antes dos trinta anos, financiamentos imobiliários e maternidade). J.B. não possuía apenas a bússola para conduzi-la ao lugar certo, como ela pensara ao iniciar o obituário – ele sabia o caminho de cor. Acontece que, para segui-lo, era preciso vencer uma muralha que parecia intransponível. Como se isso não bastasse, a morte também estava à espreita, e contra ela não havia o que fazer.

John falava e Nina passeava os olhos pelo seu um metro e noventa sem disfarçar que deixara de ouvir sua conversa sobre os astros dos *sixties* e a *Manchete*. Diante dela, John era o homem de semblante calmo, generoso, feliz. Ali estava uma miríade de partículas saltitantes e satisfeitas com a vida, um ser humano que já não desejava desbravar paisagens inóspitas, pois tudo o que lhe era desejável estava ao alcance de seus dedos gigantes e cheios de anéis. Os conflitos de John eram de ordem prática, suas perguntas tinham respostas, seu mundo era em tons de amarelo.

Depois de algum tempo observando-o, Nina não teve dúvidas: ele era um canto da natureza, um "sim!" repetido milhares de vezes, não importava qual fosse o assunto em questão. E, para sua sorte, cada dia ele chegava mais perto, como uma montanha que se move silenciosamente durante o sono da cidade. Em alguns minutos, John, o homem de proporções descomunais, transformara-se em um mamute carregado de promessas que seriam uma compensação por todo sofrimento. Outrora desprezado, agora era o macho certo, no lugar certo, na hora certa.

Ele ainda falava com a revista nas mãos quando Nina passou a sentir aqueles olhos amendoados e vivos dentro de si; a boca, ela pensava, parecia à espreita do seu seio e a voz, máscula e forte, mais que forte, impetuosa, impunha-se no ambiente ocupando o vazio que ela sentia desde que tinha sido abandonada. Não era só a voz: todo o ser John mexia o seu corpo forte e articulado se esforçando para dizer coisas que ela já não compreendia. "Por onde andara por tanto tempo, John?", era a pergunta que ela se fazia enquanto olhava para ele.

6

Foi em uma das festas de quarta-feira que Zeca avistou Nina pela primeira vez. Ela estava na entrada do Edifício Prudência, número 235, na avenida Higienópolis, e discutia com uma recepcionista vestida de terninho preto que confirmava o nome dos convidados em uma lista.

Era o fim de abril de 2004 e o outono ainda não passava de uma promessa. Durante parte do dia, no lugar do clima ameno e da luz intensa, ainda prevaleciam o brilho ofuscante e o calor ardido que já deviam ter sido suplantados como os últimos vestígios do verão. Encobertas pelo véu plúmbeo que descia sobre São Paulo, essas forças dançavam um tanto perdidas e desconexas ao desenho das folhas do calendário.

Para os motoristas encerrados diante do volante, os finais de tarde paulistanos eram um teste para os nervos. Ou, como dizia J. B., o território da bestialidade cotidiana, um desafio às melhores virtudes do ser humano. Com isso, não era de se espantar que o burburinho em frente ao seu prédio fosse visto por algumas pessoas como uma espécie de atração.

Percebia-se logo que aquele não era um evento como outro qualquer. Na fila para falar com a recepcionista e atravessar o portão com grades cor de terra, em poucos minutos se escutava inglês, espanhol, francês, italiano, alemão e hebraico, a segunda língua mais falada naquele que era o bairro preferido dos judeus endinheirados da cidade. Não fosse isso, ainda assim seria fácil identificar os estrangeiros na fila, sobretudo os mais velhos. Logo depois de Zeca, por exemplo, havia um homem louro, enorme, dono de um rosto eslavo até o último fio da sobrancelha e vestido com um blazer xadrez de lã. Adiante, dois ingleses na faixa dos cinquenta e poucos anos riam e falavam alto, divertindo-se mais do que todos na fila ao criar uma estranha comunicação com estudantes do Colégio Rio Branco, que faziam arruaça com quem passasse por eles.

Estavam todos ali por causa da última invenção de Samara para promover J.B. Daquela vez, seu gênio criara uma festa para estrangeiros ilustres que vivessem ou estivessem de passagem por São Paulo. A ideia surgira do relato de Maria Helena, a dona de uma agência de relações públicas que frequentava as festas quinzenais e acabara de retornar de Madri fascinada com uma boate que conhecera na cidade: – É fino e ao mesmo tempo arrasa-quarteirão, sabe? Outro dia tinha até um daqueles barbudos do Hezbollah dançando com uma mulher de tomara que caia. Um luxo! Nem no baile da Vogue eu senti uma energia tão boa!

Segundo Maria Helena, um dos charmes da festa estava logo na entrada, quando, ao conferir um nome na lista, a recepcionista perguntava o país de origem do convidado e dava-lhe um broche com a bandeira correspondente. – É coisa de Primeiro Mundo.

Samara investira alto para que os detalhes saíssem do seu jeito e não devessem ao evento madrileno. Os broches seriam apenas o primeiro de uma série de caprichos que deveriam tornar a noite inesquecível. Nos jornais, especulava-se sobre uma apresentação de Edu Lobo. "Ele tem agenda cheia nos próximos meses, mas talvez abra uma exceção para homenagear o dramaturgo", dizia a *Folha de S. Paulo*. A lista de convidados tinha os nomes dos embaixadores da Espanha e de Portugal, além de Teodoro Obiang Nguena, ao qual Maria Helena se referia como o "dono" da Guiné Equatorial. Samara fizera questão de visitar pessoalmente o Meliá da Rua Maranhão para reservar as melhores suítes. Pensando nas celebridades, chamara Jairo Lopes, o astronauta sorridente que, após se consagrar como o primeiro brasileiro a participar de uma missão espacial, recebera uma luz que o transformara em palestrante, fotógrafo, ativista social, *coach*, escritor, empresário e educador. Para o serviço, Samara contratara cerca de dez jovens "de boa aparência", entre os quais dois argentinos e um chileno que estudavam na Universidade de São Paulo.

– Era de três línguas pra cima – Judite comentava com os colegas. – Quem falasse menos não entrava.

O plano consistia numa festa para cidadãos do mundo que estivessem em São Paulo, mas o palco principal seria de J. B. Nele, o artista poderia brilhar à vontade e, quem sabe, voltar a impressionar os convivas com seu charme, como nos velhos tempos. Este era o tipo de circo que Samara sabia montar como ninguém e agradava a todos – do colunista social que se regozijava ao preencher suas páginas com um evento sofisticado aos estrangeiros que encontrariam uma recepção de alta classe com um toque brasileiro, passando por gente como Zeca, praticamente um agregado da família, e, por fim, pelo próprio Jerônimo Brickman, um homem entediado e cambaleante que aceitava de bom grado qualquer quebra de rotina.

Sob a sombra generosa de um fícus e o olhar dos curiosos, os convidados pareciam entretidos com o que viam ao redor.

Samara costumava dizer que, após circular um pouco por São Paulo, não seria necessário ser nenhum Burle Marx para notar que Higienópolis era um bairro com um raro senso de harmonia para os padrões da cidade.

Em boa parte de suas ruas arborizadas era nítido o esforço para se obter algum equilíbrio nas formas, o que fazia das caminhadas para se conversar – este hábito tão fora de moda entre os paulistanos – algo possível e até agradável (J. B. desprezava sumariamente as caminhadas: – Eu me sentiria ultrajado se

aqueles velhos de shorts, tênis e marca-passo puxassem papo comigo na rua). Além disso, havia calçadas que, se não eram impecáveis, ao menos não exigiam que os pedestres estivessem em alerta permanente.
– Isto sim, um sinal de civilização!

A fila andava, mas a recepcionista e Nina não chegavam a um acordo, o que era visível mesmo à distância ou para quem não entendesse português. De um lado, a funcionária exibia um misto de pré-faniquito com concentração; do outro, havia a presença obstinada de Nina.

Quando chegou a vez de Zeca, as duas travavam um bate-boca abafado e bem feminino, com olhares transbordando pragas e palavras educadas impregnadas de cólera.

– Com licença – disse ele, sem obter a atenção de nenhuma delas.

Passado algum tempo, como as pessoas na fila começaram a se irritar, Zeca voltou a se dirigir às duas: – Desculpa interromper. – A recepcionista fez que ia abandonar a discussão e falar com ele, mas seu movimento durou milésimos de segundos. – Eu sou amigo dos donos da casa... – Finalmente elas se voltaram para ele. – Posso ajudar vocês?

As duas responderam e, ao mesmo tempo, uma sucessão de estampidos partiu a poucos metros dali.

– Pá! Pá! Pum!! Papapapummm!!!

O estrondo ecoou por vários segundos, fazendo com que uma meia dúzia de pombos revoasse. Os convidados olharam uns para os outros assustados. Um casal gay de italianos com pouco mais de quarenta anos subiu na grade do portão para enxergar mais longe e a maior parte do grupo se espremeu silenciosamente em direção à entrada do prédio.

A recepcionista se desdobrou pedindo calma e paciência. Logo mais todos estariam do lado de dentro. – Todo mundo calmo, *please*!

A poucos metros dali, o trânsito continuava caótico, os motoristas seguiam enfurnados nos seus carros e os estudantes do Rio Branco tomavam as ruas com seus uniformes branco e azul-marinho após mais um dia de aula. Não havia nada de anormal estampado no rosto das pessoas que transitavam pela região. Ao sentirem isso, os convidados aos poucos recobraram a tranquilidade e voltaram para o seu lugar na fila. Não devia ser nada. Fora apenas um susto, eles repetiam uns aos outros. O sujeito de paletó xadrez, que havia se adiantado com sua mulher para as dependências do prédio, não quis saber e continuou caminhando sobre a rampa de acesso quando percebeu que era um alarme falso.

Neste mesmo instante, uma moto velha e maltratada fez meia-volta e estacionou na calçada do outro lado da avenida, de forma que os convidados não tinham como enxergá-la.

– Pá! Pá! Pummmmm! Pá! Pummmmmm!

Ao perceber o que sucedera, o motoqueiro acelerou várias vezes, provocando nova série de explosões com o escapamento, só que desta vez propositadamente, apenas por diversão. Um carro da polícia que estava parado no trânsito imediatamente acionou as sirenes.

Em movimento contínuo, as pessoas que aguardavam na fila se entreolharam. Alguns deram um passo rápido para o lado, se protegendo atrás de uma árvore. Quase sem perceber, as mulheres levaram a mão às suas bolsas. Usando-se do seu tamanho, o grandalhão eslavo praguejou em sua língua incompreensível e partiu de vez com a mulher para dentro do prédio. Um preparador de elenco argentino, amigo de um amigo de J.B., criou um escudo humano se posicionando atrás de outras pessoas. Uma minoria andou de um lado para outro, como fazem as formigas quando uma pisada assassina surge de repente no meio caminho delas. Não houve gritos, correria ou desespero. Mas, sem saber o que pensar, muitos temiam estar no meio de um tiroteio carioca.

Em poucos segundos, o mal-estar se estabelecia e a tarde agradável em Higienópolis se transformava em um princípio de pesadelo.

A recepcionista tentou explicar o ocorrido, mas, para alguns convidados, aquela experiência tinha um potencial de terror que ia além da sua compreensão. Diversos registros na memória daqueles estrangeiros, na sua maioria europeus, diziam que a guerra nas grandes cidades brasileiras muitas vezes superava os terroristas em crueldade. Morrer era admissível, sabia-se que isso viria um dia, e poderia ser até de um tiro de fuzil ou de um estilhaço de bomba às portas de uma sinagoga. Agora, ser fatiado como um mamífero qualquer, cozido sobre um prato de micro-ondas e atirado aos cachorros era além da conta para todos que estavam ali.

Com a ajuda de Zeca, a recepcionista tentava explicar que não havia com o que se preocupar, que tratava-se somente de um sujeito mal-intencionado com uma motocicleta caindo aos pedaços. Um casal de judeus resmungou qualquer coisa em hebraico, virou as costas e saiu andando.

Enquanto um dos ingleses doidões estava sentado no chão relinchando de tanto rir, o outro berrava alucinadamente: – *Where is the Queen?! Where is the Queen*?!

Quando Zeca se deu conta, Nina já não estava mais lá. Ela tinha partido em disparada na direção do saguão do prédio. A recepcionista deu de ombros com uma expressão de "ok, eu desisto" e apontou a rampa ladeada por um jardim que levava aos elevadores sociais e escadas.

Esquecida por todos, a grande atração da noite cochilava cravada sobre uma poltrona próxima ao centro da sala de estar.

J. B. parecia ter sofrido um nocaute. Sua cabeça pendia para a frente, com uma leve inclinação para o lado direito; a respiração compassada por um ronronado irregular era interrompida por espasmos que não deixavam dúvidas quanto ao estado de sua saúde. Seu cabelo estava ralo e praticamente tomado de mechas grisalhas, resultado da velhice somada à recusa em enfrentar os tratamentos estéticos peneirados por Samara nos melhores salões da cidade. J. B. vestia um terno Ermenegildo Zegna cinza chumbo com risca de giz azul-clara e mocassins Salvatore Ferragamo com suas duas algemas douradas que reluziam mais do que qualquer móvel da sala. Junto ao braço esquerdo da poltrona, seus dedos intumescidos tocavam o castão prateado de uma bengala de aço pintada de preto, uma novidade que certamente entrara na sua vida a contragosto. Encolhido sobre seu colo, como se fossem um só corpo, estava Miguel.

Fosse por opção ou por falta dela, tudo o que J. B. usava naquela noite era parte de um figurino que Samara havia composto para a ocasião. De toda forma, isso não era o bastante para evitar que, ao entrar na sala, as pessoas o vissem como a criança aborrecida que não suportara esperar os amiguinhos que viriam para brincar. Diante dos visitantes de várias partes do mundo que entravam em grupo ou sozinhos, Jerônimo Brickman, o grande dramaturgo, parecia um simples boneco de pano vestido garbosamente e fiel às formas arredondadas do seu modelo original.

Nina estava a poucos metros dali, na chapelaria improvisada numa antessala. Dois funcionários uniformizados e sorridentes recolhiam bolsas, casacos e paletós e, juntamente com uma ficha onde anotavam o nome do convidado, partiam para outro cômodo.

Ao entregar sua bolsa à outra funcionária de terninho preto, Nina sentiu suas mãos tremerem.

Tipos autênticos, ela pensava, eram os mais raros do nosso tempo, pois tinham força para impedir que a vida os arrastasse pelo colarinho mundo afora. Esses seres extraordinários nunca aceitavam ser conduzidos: eles conduzem, ou melhor, fazem duetos (ou duelos) com a vida. São homens e mulheres que erigem o próprio estilo, servindo a imitações de toda ordem e fazendo com que, diariamente, uma multidão saia às ruas dedicada a se transformar em um ser humano dessa natureza. Tendo isso em mente, não era difícil entender por que, para ela, era o momento alto da existência estar prestes a encontrar com J. B. Finalmente ela encontraria o autor pelo qual se apaixonara. Seria o término das desculpas e cerimônias. Não podia ser verdade, mas era – ou, pelo menos, algo muito próximo disso. Ela se encontrava na casa de J. B., a poucos metros dele, e não deixaria que ninguém se colocasse entre os dois mais uma vez. Ninguém. Finalmente se completaria uma jornada que parecia não ter fim e cujo prêmio seria estar ao lado de J. B., o artista irrepreensível que devia ter angústias tão parecidas com as dela. Com ou sem entrevista, o mais importante para Nina era haver tempo para estar ao lado dele. Bastava apenas que ela se aproximasse quando Samara estivesse distante.

Enquanto isso, ninguém tomava coragem para interromper a soneca ruidosa de J. B. Samara o cutucaria sem pensar duas vezes, mas agora ela estava ao pé das escadas distribuindo beijinhos, tapinhas e abraços a quem chegava. E como sua comunicação se resumia a uma simpatia artificiosa, a um inglês impecável e à forma pouco delicada com que lançava sua pashmina carmesim para lá e para cá, sempre cuidando para não deixar a tatuagem de raposa em evidência, Zeca fazia as vezes de coanfitrião.

Judite aproveitava a ausência da patroa para promover um minicoquetel relâmpago no seu quarto. Para lá ela arrastara dois garotos e uma garota da turma dos universitários com uísque, Coca-Cola, água com gás e pequenos pedaços de queijo *brie* em uma sacola.

Na sala principal, os convidados que davam de cara com J. B. alinhado e cochilando agiam com constrangimento, procurando se manter à distância.

O mesmo se dava com a maioria dos funcionários, que passava a metros do dono da festa. A exceção eram os ingleses, que a exemplo de Nina haviam burlado o esquema de segurança durante a confusão do lado de fora. Quando Jacinto, o motorista, se aproximou decidido a despertá-lo, os dois arruaceiros o impediram como se fossem os donos da festa:
– *No, no*! Vamos ver a perrrforrmance dele! – disse um deles.

De vez em quando J. B. mudava de posição ou emitia um ruído áspero de coceira na garganta. Os dedos tateavam o couro da poltrona até encontrar a bengala. Acoplado ao seu corpo, Miguel não dava o menor sinal de que iria despertar.

– *Wow*! Ele é muito bom. Um verdadeiro profissional – dizia um dos ingleses, como se J. B. fosse uma atração e ele, o mestre de cerimônias.

Seguindo as recomendações de Samara, às dezoito horas os garçons iniciaram o serviço com *prosecco*, uísque, vinho tinto, água e refrigerante. Na mesma hora, alguém pôs uma seleção em MP3 com bossa nova para tocar e abriu as cortinas que davam para a sacada.

Aos poucos, a festa foi ganhando vida própria e os convidados, que ainda estavam um pouco aturdidos por causa do episódio das explosões, esforçavam-se para entrar no clima. Uma das atrações que ajudavam a aliviar o ambiente era um minibar instalado em um dos cantos mais movimentados da sala, onde um *barman* servia caipirinhas feitas com as melhores cachaças brasileiras. Para os estrangeiros, palavras como "cachaça" e "caipirinha" surtiam um efeito inebriante. Toda vez que um deles repetia os termos, esboçava-se de imediato um sorriso com traços de malícia, como se o simples som dessas palavras levasse consigo pecados que só naquela noite seriam possíveis.

Para os dois ingleses, J. B. seguia como a atração principal. As pessoas já estavam em outra, mas eles insistiam em assistir de perto àquele *bloody perfect happening*.

Quando um dos garçons reconheceu o sotaque do preparador de elencos argentino e revelou também ser portenho, o convidado perguntou educadamente se não havia meio de pôr fim logo àquele mal-estar.
– *Esto ha durado una eternidad.*

Depois de alguma persistência e várias caipirinhas, todas tomadas em um único gole, os dois eram o centro da festa. Diante da euforia deles, algumas pessoas já não conseguiam conter o riso nervoso. Havia bebida à vontade, a música era boa, o serviço, magnífico, mas os dois garotões de meia-idade roubavam a cena. Nina observava à distância, sem coragem para se aproximar. A farra foi crescendo e um garçom, que antes passava longe da confusão, agora fazia rapapés e oferecia bebidas a J. B. – Não gosta de prosecco? Tudo bem, senhor. Que tal uma dose de uísque?

Sem ninguém para censurá-los, os ingleses extrapolavam. Enquanto um deles tentava sem sucesso tirar o próprio broche, o outro tomava caipirinhas sem parar. Foi assim até que, depois de mais umas talagadas, o broche finalmente foi retirado e, ao se aproximar da poltrona para prendê-lo à lapela de J. B., o inglês soltou um jato de vômito sobre o velho e o gato.

Ao entrar na sala, Samara suspirou de felicidade.
Alegria era um ótimo sinal.

7

Tio Nenê recebia jatos de água fria por todo o corpo.

Às vezes, quando Tião mirava no seu rosto, ele engolia um pouco de água a contragosto, tossia até se engasgar e cuspia de volta na direção do irmão caçula.

– Filho d'uma égua!... Você é um lazarento!... Um corno chupador de rola! – dizia tio Nenê nos breves intervalos em que cessavam os jatos d'água.

Aos poucos, seu rosto ia se revelando por trás da sujeira e surgiam as semelhanças físicas entre os dois irmãos. Tio Nenê tinha o rosto encarquilhado, orelhas de abano e nariz esparramado como partes de uma batata e, embora fosse do tipo atarracado, não exibia nem sombra do vigor físico de Tião. Na parte interna do antebraço direito, trazia o esboço grosseiro e azulado do que devia ter sido a tatuagem de um santo e, logo abaixo, em letra quase ilegível, "Padim Ciço".

No contato com a água seu cabelo comprido e imundo ficava emplastado como se tivesse sido banhado no mel. Dava a impressão de que a sujeira acumulada havia impermeabilizado o chumaço de fios desgrenhados e que, por mais forte que fosse a pressão dos jatos disparados da mangueira, o líquido jamais alcançaria seu cocuruto. Suas roupas eram farrapos encardidos que se tornavam menos degradantes quando encharcados, pois assim disfarçavam as manchas que estavam ali havia semanas, talvez meses, e compunham um rico catálogo de excrementos urbanos. Tio Nenê era um espantalho, e por mais que se esforçassem para melhorar sua aparência dando-lhe um banho, aquelas circunstâncias não lhe favoreciam em nada.

Dona Maria, a mãe de Nina, assistia à alegria de sua filha recostada à porta da cozinha e, de vez em quando, entrava para continuar preparando o almoço. A sobrinha do tio Nenê pulava, gritava e rodopiava implorando ao pai para convidar a criançada da vizinhança para a farra.

– Deixa, deixa, vai? Por favor, paizinho – dizia ela, com cuidado para não pisar nas poças de água imundas que se formavam no piso de concreto do quintal e, mais tarde, iriam desaguar no esgoto a céu aberto que corria ali ao lado. Tião sorria tenso e fazia as vezes de homem no controle da situação, mas, no fundo, não disfarçava o orgulho pelo que via como uma forma engenhosa – e barata – de integração familiar.

– Filho d'uma égua!... Você vai ver quando eu sair daqui... eu vou fazer você enfiar esta mangueira... – dizia tio Nenê, até que um novo esguicho o calasse.

Já era sabido que, nas últimas semanas do ano, ele apareceria na casa de Tião. Sua presença no cortiço do Jardim Primavera, Zona Sul de São Paulo, era sempre motivo de recreação comunitária. A audiência não desgrudava das janelas, contribuindo com assobios, berros e gargalhadas ao espetáculo: amarrado por cordas a um poste de luz no quintal compartilhado pelas casas de tijolo e concreto aparente, tio Nenê se transfigurava ao receber saraivadas de água fria pelo corpo.

– Esse aí é palmeirense, Tião? – perguntava um dos espectadores.

– Pior, esse bicho é cearense – ele respondia. – Foi uma bimbada torta do meu pai.

Tio Nenê vivia perambulando por São Paulo desde não se sabe quando e entrava em contato com o irmão uma única vez ao ano. A visita geralmente acontecia no período das festas de fim de ano, quando era convidado a dividir a mesa com a família de Tião e regalava-se com buchada de bode, carne de sol, tapioca, cuscuz e rubacão. Cachaça Velho Barreiro e cerveja Antarctica eram servidas à vontade por uma fonte natural ao lado da mesa.

Nina lembrava do pavor enternecido com que assistia a tio Nenê encurvado sobre a mesa, os dois cotovelos cercando o prato, devorando a ceia em menos de dois minutos. Com a ajuda de uma colher ou um garfo, ele formava pequenos montes de comida e depois os cobria com um pouco de farinha de mandioca, até criar uma massaroca que depois era esmagada com suas próprias mãos. As carnes eram guardadas à parte e, de vez em quando, eram levadas à boca por inteiro. Na hora de reparti-las com os dentes, tio Nenê fazia uma imundície à sua volta.

Saltando do rosto macilento, seus olhos escuros e alucinados não davam espaço para o julgamento dos outros que estavam à mesa. Tio Nenê mastigava, bebia e falava sem parar, fazendo uma miscelânea das histórias de parentes distantes e pessoas com quem ele convivia nas ruas. De vez em quando, olhava para si mesmo indignado, passava a mão engordurada sobre a calça limpa com que Tião o vestira e disparava: – Fica aí, por cima da carne-seca, fica, Tião... Se acha o bom. Mas ainda vai se foder como eu – dizia ele. Porções de farinha salpicavam sobre a mesa.

A família de Tião jamais esquecera aqueles finais de ano em que, a pretexto de fazer o bem, seu chefe amarrava tio Nenê com corda a um poste de luz e dava banho nele.

Com o passar dos anos, o tipo medonho, a toada de palavrões e as cusparadas de tio Nenê figuravam na galeria dos grandes momentos da infância de Nina e Pedro, seu irmão mais novo. Quando voltavam ao episódio, eles poderiam jurar que naquela balbúrdia havia mais de algazarra do que de raiva, como se na falta de uma boneca, um livro de histórias ou um carrinho, a descompostura inofensiva daquele ser de outro mundo fosse um presente para os sobrinhos.

Assim como todos de sua família, Nina não tinha sido pega de surpresa com a notícia da morte dele. Tio Nenê fora encontrado morto enrolado em um edredom velho no Minhocão, o elevado sob o qual se reuniam alguns dos tipos mais miseráveis de São Paulo. Estava sozinho ao lado dos restos de uma fogueira e por pouco não tinha sido enterrado como indigente. A causa da morte, pelo que dizia a certidão de óbito, fora desnutrição e cirrose hepática causada pelo álcool.

– Rá! Isso é balela! O veneno que desgraçou esse aí só os vagabundos e as putas sabem – disse Tião.

– Que Deus não te ouça – disse dona Maria. – Seu irmão morreu de fome. Fome. Sabe o que é isso? – Tião ficou em silêncio. – O IML só identificou a caveira dele por causa de duas fotos que estavam no bolso da calça. Fotos dos seus filhos, Tião.

Era um par de imagens amassadas e desbotadas de Nina e Pedro no colégio Pinheirinho. Elas haviam sido tiradas em anos diferentes, 1989 e 1992, mas seguiam o mesmo modelo. Os dois estavam sentados com uniforme detrás de uma carteira escolar onde havia uma placa com seu nome, a escola e a série, além do mesmo globo azul ao lado direito e o mapa-múndi ao fundo. Ao receber as fotos de sua mãe, Nina lembrou a gozação com Pedro no dia das fotos. – O que foi, Pedro? – perguntava sua mãe. – Eu chupei limão e depois peguei sol. E eles foram escolher logo hoje pra me fotografar. – Nina sorriu com tristeza ao rever a foto.

– Fazia um bom tempo que eu não ouvia falar dele – disse Nina.

– Segundo os meus cálculos, havia uns cinco, seis anos que não tínhamos nenhuma notícia – disse dona Maria.

– É mais ou menos isso mesmo.

Nina deixou a foto de lado e começou a folhear a agenda de telefones em busca de algum parente ou amigo que poderia ir ao enterro.

– Eu lembro que ele parou de vir quando eu e o Pedro deixamos de passar os finais de ano com vocês em casa.

– Ele veio uma ou duas vezes e depois desistiu. Sem os dois pequenos que ele amava, não tinha por que aparecer e encarar aquele vexame.

Ao receber a notícia, Nina lembrara que, de vez em quando, passava sob o Minhocão e via homens, mulheres, velhos e crianças juntos em torno de fogueiras e acomodações improvisadas. Eles eram margeados por filas de carros e ônibus que passavam o dia todo a caminho do Centro.

Sentiu algo que ficava entre a tristeza e uma estranha nostalgia. Nunca mais veria o velho espantalho que chamava de tio exibir a língua de um vermelho forte e vivo, um tom que se fixara na sua memória por destoar da sujeira negra, tenebrosa e algo melancólica que marcava todo o resto. Nunca mais a casa seria animada por aquele *outsider* que ela nunca se esforçara para entender e que, com um sentimento de defesa, procurava até afastar de suas lembranças.

8

– Nina?! É você?

– Sim, sou eu.

– Segura aí que está tocando a outra linha.

Nina contou dois minutos na espera e desligou o celular. Deu mais um tempo e voltou a apertar os botões moles e desbotados do aparelho que pertencia ao *Diário*.

– Estela, continua tudo na mesma. Nós temos que conversar...

– Nina? É você?

– Sim, sou eu, Estela. Eu não consegui!... só fiquei cinco minutos na casa dele... preciso conversar com você. Não dá mais! Juro! Eu estou uma pilha de nervos, não sei mais o que fazer... Se eu não conseguir essa maldita entrevista o meu editor me mata!

– Tudo bem, meu amor. Calma. Fique calma, nós vamos falar. Só tem uma coisa...

– Não, você não está entendendo, eu estou quase invadindo aquela casa para falar com ele! É absurdo o que estão fazendo... um desrespeito!

Estela Miranda era amiga de J. B. havia mais de cinquenta anos e o conhecia como poucos. Os dois tinham aquele amor construído pela necessidade em tempos de crise, algo que sobrevivera ao tempo e à troca de pele pela qual os ex-militantes de esquerda haviam passado. Ela também fora a principal fonte de Nina sobre o episódio que havia garantido a indenização milionária do Estado a J. B.

A história era conhecida dos brasileiros mais ou menos esclarecidos, mas Estela sabia dos detalhes como ninguém. Antes de se tornar um dramaturgo prestigiado, J. B. tinha se tornado famoso em 1976 como o consultor artístico da TV Globo, que havia driblado a censura imposta pela ditadura militar levando ao ar o espetáculo *Romeu e Julieta*, do Bolshoi.

A apresentação, gravada a partir de Moscou, comemorava os duzentos anos do balé russo e foi transmitida a 250 milhões de pessoas em mais de cem países. Numa época em que ninguém dava a mínima para balé no Brasil, e dois anos após a companhia russa ter sido impedida de se apresentar em Belém do Pará, J. B. elevara a dança à categoria de arte engajada e política. A esquerda vibrara com a sua atitude, vendo nele uma esperança "de dentro do sistema", um comuna infiltrado, um herói esteta em pele de *entertainer*. Quando os jornais repercutiram o absurdo diante da representação da obra de Shakespeare, houve um frisson em várias partes do mundo. A "mensagem política" vista como subversão intolerável fora a exibição de um balé russo no Brasil. Era um prato cheio para o surgimento de um herói.

Depois do episódio, ele passou alguns meses preso, até que voltou assinando crônicas no *Pasquim* como "O paulista". J. B. tinha jeito para a polêmica e, em pouco tempo, aproveitou os holofotes para abraçar sua verdadeira vocação. A fama trouxe repercussão e algum dinheiro e logo enterrou sua carreira como profissional de tevê. Ali, pela primeira vez, surgia ao público da então capital o autor que emulava os russos, amava profundamente todos eles, e se mexia de um jeito todo afetado quando falava de Tolstói, Tchékhov e Turguêniev. Mas o dramaturgo, este sim, era brilhante, e se tornara tão importante e popular quanto um dramaturgo podia ser no Brasil durante as décadas seguintes.

Na Guerra Fria, depois de ter sido descoberto pelos russos, passara a ser convidado para assistir a balés no mundo todo. Mais tarde, conhecera "toda a russalhada", como ele dizia. Nureyev o recebera em Paris. Baryshnikov jantava na sua casa quando estava de passagem pelo Brasil e, numa retribuição à sua hospitalidade, sempre o convidava para os seus espetáculos e apresentara-o ao dificílimo Mr. B., do New York City Ballet.

Dez anos antes do episódio do Bolshoi, J. B. tinha se exilado na casa de Estela em Santiago. Lá fora apresentado a um grupo de intelectuais que respiravam política e viviam na órbita dos problemas brasileiros. Entre eles estavam Celso Furtado e, em início de carreira, com ares de menino prodígio, um tal de Fernando Henrique Cardoso. Como muitos artistas e pensadores daquele tempo, J. B. e Estela se diziam de esquerda, embora não sentissem afinidade por João Goulart.

Durante suas pesquisas, Nina havia lido diversos relatos de J. B. sobre seus anos no Chile e a explosão de criatividade que, ele dizia, fora um antídoto para não enlouquecer.

Já naquela época, os mais próximos admiravam o artista por sua capacidade de produzir em condições adversas. Sem paz de espírito, fora de casa e com uma escassez de recursos que às vezes o levava ao limite do sub-humano, J. B. apresentava energia inesgotável, concluindo pelo menos um livro ou uma peça a cada dois anos. Com a ajuda de amigos com trânsito nas embaixadas, sempre dava um jeito para que seus trabalhos repercutissem no Brasil.

Muitas vezes, a falta de perspectiva de mudança fazia com que ele sentisse um ódio visceral do seu país e do povo, no qual ainda acreditava. Apesar disso, a distância das pessoas que ele amava, a falta que fazia ouvir as pessoas falarem português (o português das ruas, livre, coloquial, não a língua falada por seus camaradas, todos intelectuais de esquerda), a saudade de passear pelas ruas de São Paulo, o medo de que talvez aquilo não acabasse antes que ele morresse – essas sensações, mais outras que até para ele eram inomináveis, deixariam uma mácula na sua vida.

Ao seguir os passos de J. B., Nina descobrira que Estela havia sido a pessoa mais próxima dele nesse período.

A empatia entre as duas foi imediata, sobretudo porque Estela era uma das poucas pessoas a criticar abertamente o estilo de vida que Samara impusera na casa do seu amigo. Para ela, J. B. tornara-se irreconhecível, uma mistura de vaca sagrada e celebridade, do tipo que vai a *talk shows* comentar qualquer assunto e frequenta colunas de fofoca.

– Eu estive com o J. B. depois daquela festa – disse Estela.

– Ah é? – disse Nina.

– Você sabe que eu amo o J. B., mas não há como negar que ele é um palhaço – disse Estela, soltando uma gargalhada de velha safada. – Ele disse que tomou Rivotril e só acordou no fim da confusão. Depois contaram pra ele que havia uma empregada bêbada, com um copo de uísque numa mão e um pedaço de queijo na outra. Ele próprio não se importou com aquilo, sabe? Ao contrário... Acho que essa mulher desvairada e aqueles outros malucos fizeram o meu amigo se divertir mais do que os sanguessugas amigos da Samara. – Estela parecia uma adolescente em polvorosa dividindo uma história com uma amiga. Ela falava, soltava baforadas de fumaça e quase explodia de tanto achar graça, tudo ao mesmo tempo. – Essa mulher dizia: "Graças a Deus eu ouvi esses barulhos e pude sair de mansinho... o pessoal lá dentro é paraaaado!..."

Em silêncio, Nina relaxara um pouco. Até esboçara um sorriso.

– Ô, gente, que festa é essa em que ninguém bebe, ninguém se pega, ninguém faz nada... Que é isso?... Com esses estudantes é um tal de pedir licença para sentar na cama, para servir mais uma dose. Posso isso? Posso aquilo?... – ela dizia, imitando Judite, embora nunca a tivesse visto. – Tudo isso com o queijo numa mão e o copo na outra. Não é sensacional?

Fazia meses que Nina respirava sede de grandeza, desapontamento, fuga (fuga inconsciente, mas ainda assim fuga), deslocamento, incúria, solidão. Ex-esposa, ex-futura mãe, ex-estrela da constelação familiar. Da noite para o dia, o futuro se tornara incerto, torto, vaporoso.

Por isso, ela agradecia a entrada do obituário em sua vida assim como um náufrago agradece a jangada.

De frente para o espelho, Nina se olhava à procura de algum sinal físico que pudesse dar conta de encerrar suas dúvidas. Suas mãos – as mesmas que, ao longo de uma explanação, dançavam no ar, ocupando o espaço como batutas para mentes desocupadas – apalpavam tudo, da testa aos pés, passando pelos seios, o umbigo e os quadris, atrás de indícios de que a Terra estaria saindo de órbita. Sim, devia haver algum motivo maior para explicar aquele golpe rasteiro. Ao analisar suas opções, Nina tinha vontade de devolver as cartas sobre a mesa, misturá-las e dizer: "Deus, quero começar tudo de novo. Que esta mão não se repita jamais".

Por mais que ela evitasse encarar os fatos, eles encaravam-na. Além do fim de um relacionamento, havia uma expedição existencial que ela não conseguia concluir e a natureza forçando a barra com um homenzarrão turbinado. Afinal, o que está acontecendo?, ela se perguntava.

Nina andava de lado num passo trôpego e um tanto ridículo. Apesar disso, não queria saber de nada que a desviasse da sua rota. Desprezava os tapinhas de congratulações que recebia dos seus editores e fugia dos poderes sobre salto alto que colocavam à sua disposição. Nada disso era capaz de fisgá-la. Já que a chance de ser uma mulher à frente de uma família fora perdida, ela não facilitaria. Não seria presa fácil, isso não. J.B., ajeitando as asinhas para ir embora, badalara o sino que ela esperava ouvir. O problema é que depois disso tinha sido só bandalheira.

A essa altura dos acontecimentos, ela não enxergava outro caminho senão pensar na morte, nas cinzas, no fim da linha e do que *não* viria depois. Diante dela, estava o Infinito Universo das Impossibilidades. Era disso que ela tratava a maior parte do tempo. O impossível real, encarnado por um casamento que terminara sem que ela soubesse por que e por um filho que não viria mais. Talvez nunca mais. Ou então por um sujeito que estava pertinho dela, talvez tomando suco de tomate ao som de Coltrane, sentado numa poltrona gasta, com um gato cinza e velho no colo.

Era o impossível cercado de cenários possíveis, alguns maquiavélicos, outros feitos sob medida para a bufonaria, esperando por serem revelados por ela e ninguém mais.

Um homem como J. B., naquele tempo, no Brasil, deveria ter um busto esculpido em cada esquina. Era um herói da luta contra a ditadura, um espírito criador, um grande em tempos de horizontes estreitos. E ainda estava lá à procura de respostas, sentindo o coração bombear, tombando dignamente num palco que fora seu durante décadas. Era muito privilégio estar viva para ver seu espírito cantar, nem que fosse pela última vez.

Ela não pretendia desistir.

Para não desabar, seguia fuçando tudo o que existisse a respeito do escritor. Esse era um meio de manter o assunto vivo, alimentando-a do que ela precisava, até que o encontro com J. B. acontecesse.

Nina lia e relia todas as peças, ouvia três, quatro vezes a mesma entrevista, confirmava informações, confrontava versões, sabia de cor as falas dos filmes inspirados na sua obra e refletia dia e noite sobre tudo isso. Até mesmo os poemas publicados por ele no jornalzinho do colégio faziam parte do seu acervo. Há tempos ela tinha o bastante para se tornar uma autoridade no assunto. Não havia acadêmico, editor, namorada ou amigo que ela não tivesse consultado. A abordagem, como sempre, era cautelosa. – Estou atualizando os dados dele para o jornal – dizia Nina, com a estratégia que fazia as portas se abrirem como num passe de mágica.

Às vezes, Nina pensava em dividir suas impressões – e, mais que isso, seus sentimentos – com algum colega do *Diário*, mas não podia fazê-lo. Se o fizesse, diriam que ela estava indo longe demais com aquele trabalho, que J.B. não era Machado nem Kafka, que estava ficando louca (ela própria se perguntava sobre isso de vez em quando). Os seus chefes, naturalmente, desconfiariam dessa relação, o afastamento do obituário viria logo em seguida e ela não teria como voltar atrás.

Ficar calada soava a renúncia – à renúncia que, para as mulheres como ela, era uma forma de violência – mas era o melhor a fazer.

9

Na segunda vez que Zeca e Nina se encontraram, ela não tinha sinal da eletricidade que o impressionara no dia da festa. Faltavam também o ar obstinado, os trejeitos com ares de irritação e o olhar cheio de promessas. Havia uma mulher e tanto ali, pensava Zeca, mas naquele dia ela tinha saído de casa pela metade. Estava meio descabelada e trazia no rosto aquele torpor amargurado das solteironas mal-amadas. Usava um casaco listrado de lã cinza claro e escuro, desses que lembram uma manta velha, uma camisa branca que estava justa, exagerando seus seios, e uma saia preta que era o que passava mais perto de uma possível elegância. Ao seu lado, irresistível como sempre, estava John. Mais por omissão da parte de Nina do que por qualquer outra coisa, ele andava o tempo todo por perto.

Os três foram almoçar no Ecco, no quarteirão da Rua Amauri, onde se encontravam os mais-mais de São Paulo – multimilionários, modelos internacionais, o jogador Ronaldo Fenômeno e os colunistas sociais em busca da primeira celebridade que aparecesse pelo caminho.

Nina parecia alheia a tudo que se passava à sua volta. Sua prioridade continuava a ser o obituário, cuja impossibilidade – tanto em termos práticos, quanto filosóficos – sugava boa parte das suas energias. Ela também seguia um tanto abatida desde a morte de seu tio Nenê e já não sabia o que esperar depois da sua última tentativa de aproximação com J. B. Afinal, o que poderia surgir daquele encontro com Zeca, o sujeito que, possivelmente sem perceber, facilitara sua entrada como penetra na festa organizada por Samara?, ela se perguntava. O que eles queriam?

Tudo sugeria que se tratava apenas de uma artimanha para evitar um novo revés à reputação de J. B. após o fiasco na festa para estrangeiros.

Zeca atuava como menino de recados, mas desde o início parecia muito pouco à vontade nesse papel. Quando ligou para Nina no *Diário*, Samara ao seu lado, ele tentara transmitir a satisfação de alguém que reencontra um amigo depois de muitos anos. O restaurante, Samara cochichava, deveria ser do gosto dela, mas o Ecco seria uma excelente opção. – O John, claro, também é meu convidado. Vamos os três. – Zeca se armara como pôde, porém resplandecia em cada sílaba que ele não se imaginava capaz de jogar aquele tipo de jogo. Por mais intensa que fosse a maquinação de Samara por trás do que ele fazia, Zeca carecia do magnetismo e do traquejo tão elementares nessas situações.

Ele devia estar beirando os quarenta anos, mas passava facilmente por alguém que mal entrara nos trinta. É verdade que havia um princípio de calvície e o fato de que era asséptico, do tipo que tem uma necessidade quase animal de lavar as mãos e assoar o nariz. No Rio de Janeiro, devia ser fonte de piadas e de um certo desprezo por causa do seu apuro no modo de se vestir e, em menor grau, na forma como explicava as coisas. Nina sentia que, a qualquer instante, após duas taças de vinho tinto ou uma mordida numa pimenta, a clareira que despontava sobre a sua cabeça de bom-moço poderia explodir e entrar em erupção, espalhando pensamentos estúpidos por todos os lados. Além dos seus documentos e de um leve sotaque que repuxava os erres, nada sugeria suas origens. Já em São Paulo, sob a tutela do tio roteirista da Globo e enturmado com artistas e oportunistas profissionais, tornara-se finalmente um nome na lista.

Do lado de fora, BMWs, Mercedes e Porsches formavam fila dupla debaixo de uma garoa. Os manobristas corriam de um lado para outro para estacionar os carros e se estendiam em mesuras aos clientes famosos. O congestionamento só crescia, levando para dentro do restaurante o som de buzinas que começava a uns duzentos metros dali, na avenida Faria Lima.

– Eu nunca comi aqui. O que você sugere? – perguntou Nina com algum esforço. Ela própria sentia que a presença de John com seu gigantismo belo e sereno era a única força imbuída de convicção na mesa.

Zeca balbuciou algo incompreensível e alisou o queixo. Se pudesse, contaria que tudo se resumia ao fato de que Samara apontara o Ecco como o restaurante ideal para um encontro como aquele. E também havia qualquer coisa de sofisticado, "sofisticado e caro". Bom para impressionar.

Enquanto Nina e John John olhavam o cardápio, os olhos de Zeca, cujo estado mais natural era a fleuma, encorajavam alguma demonstração de Nina sobre seus planos. Afinal, quem era ela? O que pretendia com o seu trabalho no *Diário*? O que explicava que investisse tanto tempo e energia no perfil de um dramaturgo? Por que não publicara nenhuma linha a respeito do que presenciara na festa? Qual a razão da insistência para falar com J. B.? E, por fim, o mais importante: o que estava disposta a oferecer se Samara escancarasse as portas de sua casa para ela?

Ao sugerir o almoço, a mente de Zeca passeara por uma dessas reuniões criminosas cinematográficas em que, sem que nenhuma das partes tivesse que expor os termos de sua oferta, o outro já a soubesse de antemão, fazendo o mesmo da sua parte. Ele imaginava uma sucessão de eventos que seguisse mais ou menos o mesmo ritual ocorrido durante o suborno de um guarda de trânsito no Rio de Janeiro, porém, logo tratara de afastar a ideia, que ele próprio considerou estapafúrdia. De qualquer forma, estava claro que as propostas, condições e precondições para uma entrevista jamais deveriam ser ditas abertamente, tampouco se discutiriam os detalhes. – Ela sabe o que nós vamos propor. Ou melhor, o que não vamos propor – disse Samara ao transmitir a tarefa.

Como de costume, ela gostaria de estar no controle, mas daquela vez não podia se expor, por isso destacara Zeca. Seu senso prático dizia que, diante dos boatos que corriam sobre J. B., uma entrevista conduzida nos seus termos poderia acabar com o zun-zum-zum em torno da sua saúde.

Zeca não sabia como equilibrar tantas sutilezas, mas como Samara fizera aquela cara e enfiara aquela mão espertinha e competente dentro da sua calça, ele sequer raciocinara para dar a resposta.

– O que houve na festa? – perguntou John, na primeira oportunidade. – Quando eu entrei as pessoas gargalhavam. De repente, houve um silêncio e começou uma gritaria histérica.

– Ah, uma bobagem. Nem vale a pena... Não foi nada de mais, para ser sincero. Dois ingleses que nunca tinham tomado caipirinha ficaram um pouco altos e fizeram algumas gracinhas. Nada de mais – ele disse, esforçando-se para transmitir alguma verdade. Também ficou curioso, pois não se lembrava de ter visto John no dia da festa. – Não chegou nem perto do que alguns jornais publicaram. Sabe como é esse seu pessoal, né?

Nina se lembrava que três brutamontes de paletó e gravata escuros abriram caminho entre os convidados com solavancos e, pouco depois, saíram arrastando os dois ingleses como se eles fossem cães sarnentos. O líder era o mais forte e fungava como um touro à frente dos outros dois. Estes atravessavam a sala principal dando um corretivo inicial nos engraçadinhos – cascudos, apertos e puxões tão sutis que, aos marinheiros de primeira viagem nesse tipo de violência, passavam praticamente despercebidos. Sem qualquer chance de revide, os ingleses esperneavam, tentavam se soltar, e nisso a coisa ia apertando cada vez mais.

– E o J. B.? Onde ele estava na hora da confusão?

– Ah, ele estava circulando, batendo papo. Festa é com ele mesmo.

Nina lembrava que o líder do grupo andava à frente com pose de lutador – os punhos cerrados para o golpe, as pernas levemente arqueadas e o pescoço achatado entre os ombros. Olhando-o de soslaio, tivera a impressão de que era um símio (pensando bem, nem precisava ser de soslaio). Ao perceber que seu tipo causara efeito, ele agarrou um dos arruaceiros pela cintura e o pendurou sobre o ombro esbravejando: – Americano filho da puta! – Atrás dele um segurança colombiano (como sempre, Samara se demorou nos detalhes) repetia a mesma frase e acrescentava que ele estava *drunk*. – *Drunk, drunk, drunk* – repetia com toda clareza, como se quisesse mostrar que não tinha sotaque.

Concentrado nos pãezinhos e azeitonas, Zeca evitava encarar Nina enquanto falava. Sem notar que um garçom aguardava os pedidos (só Deus sabe o que imaginava daquela cena), Nina olhava para ele sem prestar muita atenção às suas palavras modorrentas e mentirosas.

Foi preciso que John a cutucasse para que ela percebesse uma estranha movimentação entre o maître e os garçons. De repente, todos eles se voltaram para um sujeito de boné e japona preta de nylon que fazia sinais na direção da mesa deles. Um homem como aquele, com um envelope pardo nas mãos e ensopado, só podia ter errado a entrada de serviço.

– Ufa! Que bom que eu consegui te encontrar – disse o homem ao chegar na mesa. – Eles não queriam deixar eu entrar, mas... ufa, que cansaço. É coisa rápida – falou ao garçom.

Nina demorou a reconhecê-lo. Era Helinho, uma espécie de braço direito de seu pai que, durante toda sua vida, ela vira cinco ou seis vezes.

– Aconteceu alguma coisa? O que você está fazendo aqui? – ela perguntou. Era o primeiro momento em que ela se fazia presente por inteiro na mesa. Uma visita-surpresa de Helinho cheirava a notícia ruim e, ao percebê-lo, John logo pôs sua pata de urso sobre as costas dela.

– Vocês me desculpem... É que, como dizer... ahn, uma urgência. Seu pai... Ele precisa que você assine um documento. Depois que o tio Nenê morreu, ele quis botar ordem na papelada da família. Sabe como ele é... Quando quer uma coisa, nem o papa faz ele mudar de ideia.

– E como você me descobriu aqui?! – Sem entender nada, antes mesmo que ele respondesse, ela voltou a fazer perguntas: – Mas você está aqui por causa disso? Ele não podia esperar até mais tarde?

– Nina, se quiser eu deixo vocês à vontade – disse Zeca.

John imediatamente se levantou e fez um sinal para que Zeca o acompanhasse até o bar do restaurante, a poucos metros da mesa.

– Nós ligamos no jornal... seu editor disse que você ia almoçar aqui nesse restaurante... Cara bacana, ele. Mas, olha, é coisa rápida, viu? É só você assinar esses documentos... Opa, opa, está aqui!... É para uma escritura... Seu pai quer que você fique com um negócio perto do rio.

– Que negócio perto do rio?! Eu não faço ideia do que você está falando!... – Ela pegou o celular e começou a procurar o telefone de seu pai para levantar a história.

Antes que ela o encontrasse, Hélio tocou seu braço com o envelope encardido e molhado de chuva.

– Olha, não precisa de nada disso... Pode confiar em mim...

Seu olhar logo fez Nina lembrar por que jamais simpatizara com ele. O homem que ela mal conhecia parecia montado numa fidelidade sem limites ao seu pai.

– ... um pra você e outro pro seu irmão... Só assinar aqui.

Hélio Ferreira era dessas figuras capazes de causar repulsa imediata. Na taxonomia do poder brasileiro, ele estaria em qual categoria?, Nina se perguntava. Possivelmente na inferior (não a mais baixa, mas bem baixa). Era o pau-mandado, o batedor escroque autorizado a toda e qualquer barbaridade. Ele se perdia entre frases desconexas, vestia-se como um bicheiro, cheirava a inhaca de almoxarifado e sorvia a xícara de café com leite. Não fosse adotado por alguém como seu pai, talvez estivesse batendo carteiras ou fazendo pregações religiosas no Largo do Arouche.

Se um dia Tião tivesse que dar uma ordem como: "Vá lá e engambele o desgraçado. Tire o couro dele e faça sopa com as bolas do saco do filho da puta. Mostre quem é que manda e depois peça para passar no meu escritório", certamente seria para ele.

E lá estava Helinho, com carta branca do seu pai, cuidando da "papelada da família" como se fizesse parte dela.

– Ele me disse: "Ô, Helinho, trate da parte chata pra eles, escrituras, pagamento de impostos, cartórios... Esse troço não é para os meninos... meus filhos não estudaram pra isso, Helinho... Resolva tudo e devolva a bola quando o negócio estiver pronto".

10

Em condições normais, Zeca estaria mais que satisfeito ocupando o posto de observador. Desde a infância, este era o seu lugar preferido nos eventos sociais. Em um momento qualquer, quando surgisse um silêncio, ele podia fazer uma graça ou lançar um novo assunto, e assim estaria cumprida a sua participação. Além disso, ser espontâneo era totalmente contra a sua natureza. Fosse por causa da câmara protetora onde ele fora criado, do seu temperamento solitário ou da interação entre essas forças, o fato é que suas intervenções eram criteriosamente estudadas. Frase alguma saía da sua boca sem antes passar pelo escâner mental onde comentários inflamáveis e afiados acionavam sinais de alerta.

Nos domínios de Samara, isso pouco importava.

Desde o início, ela tinha destruído a rede de proteção dele apresentando-o efusivamente a todos os grupos que frequentavam a sua casa. Ele não entendia o porquê disso, pois seus serviços vinham sendo muito bem pagos nos cantos escuros da casa, mas seguia seus passos por achar que nada poderia ser mais perigoso que o lugar de onde ele fugira alguns meses antes.

– Este é o nosso amigo Zeca, sobrinho do Felipe Lobo. Ele está disputando com o J. B. o troféu de língua mais afiada da casa, vocês tomem cuidado! – Ao deixá-lo, Samara corria para seus afazeres e seguia acompanhando-o à distância. Era assim todas as noites.

Por todos os lados Zeca via gente que conhecia das colunas sociais dos diários paulistanos. Ele costumava ficar próximo da sacada, e dali podia ouvir Raí falar a um grupo de tietes sobre sua temporada como jogador do Paris Saint-Germain; mais para o lado da sala de jantar, Fernando Meirelles e Ignácio de Loyola Brandão cochichavam e riam como duas crianças sem nenhum interesse pela movimentação ao redor; Washington Olivetto, de mãos entrelaçadas nas costas, era o *flâneur* da casa e Benny Novak, de cabelos espetados e óculos de aro grosso, fazia piadas sujas enquanto entregava as maravilhas que cozinhava no Ici Bistrô.

Também havia aqueles atrás de uma boquinha e um bando de gente desconhecida que, ao menor sinal do seu interlocutor, sacava o cartão de visitas e começava a falar do seu "projeto". Eram relações-públicas, executivos, colunistas, atores de segundo time e até um vendedor de piano. Samara corria de um lado para outro de olho em tudo o que acontecia e, de vez em quando, ia até a adega para buscar mais garrafas de vinho.

Geralmente, Zeca passava boa parte da noite junto a um dos grupos apresentados por ela. E como Samara fazia questão de se estender nos elogios, fazendo acreditar que ele fosse alguém verdadeiramente importante, quase todos se esforçavam para recebê-lo de forma calorosa. Em um primeiro momento, seu único objetivo era manter distância dos grupos em que houvesse gente do mercado financeiro. Acima de tudo, ele temia ser reconhecido e ter sua história circulando entre aquelas pessoas – "Sabe aquele ali? Largou a mulher, a casa e o emprego no Rio de Janeiro e saiu destrambelhado pelo mundo. Dizem que recebeu uma bolada pra ficar quieto, mas ninguém sabe direito o que ele faz."

Quando Zeca se localizou entre os carçudos, os Prufocks e as facções, pôde, enfim, assistir de perto à performance de J. B.

– Se é para falar mal de alguém, sugiro o Bush. Como político, o Kerry-cara-de-cavalo pode até ser melhor, mas como caricatura ele não tem vez – afirmava J. B. a um grupo de meia dúzia de pessoas reunidas ao seu redor. – Francamente, vocês acham mesmo que existe água em Marte? Alguém aqui acha que se isso fosse verdade estaria fora do programa de governo do meu amigo Lula? – J. B. também falava sobre como as novas gerações eram covardemente pragmáticas, "com o senso moral de um molusco". Do jornalismo, perguntava quando deixara de ser o acampamento de rebeldes indignados para se tornar uma pensão de reclamões entristecidos. Enquanto ele falava sem parar, Samara se desdobrava para fazer os convidados se sentirem em território sagrado.

Na esperança de testemunhar mais uma tirada de J. B., era difícil se dar conta de que Miguel, o gato, zanzava entre as pernas das visitas, deixando um rastro de pelos acinzentados. Quando algum bêbado tropeçava nele sem querer, espichava-se para longe da movimentação e só voltava no final da noite, quando restava um pequeno grupo de pessoas. Dessa forma, ao reaparecer magistralmente, como se nada tivesse acontecido, Miguel ajudava Samara a não esquecer de retirar seu tio antes que os convidados tivessem o desprazer de vê-lo roncando sobre o sofá.

No final da noite, Samara encenava mais uma vez a figura, muito conhecida em São Paulo, cuja especialidade era se apresentar como alguém muitíssimo bem-sucedido e cheio de conexões. Tudo com a maior naturalidade, como alguém que comenta a mais recente virada no tempo.

– Gérard e Heloise, queridos, que bom que vocês vieram! Eu estava aqui com o Zeca, sobrinho do Lobo, falando como o J. B. gosta de ver a casa cheia. Vocês já se conheceram? – Samara perguntava e respondia, o sorriso sempre nos lábios, embora houvesse melancolia em tudo o que partisse dela. – Ah, sim, claro, hoje eu falei com tanta gente, nem lembrava que vocês chegaram praticamente juntos. Não sei se viram, mas bem nessa hora o J. B. falou do barco que nós íamos comprar em Cascais. Gérard, você tem um barco, não é mesmo? Como você faz para deixar tudo em ordem passando tanto tempo fora?

Antes mesmo que ele começasse a responder, Samara passou os olhos pela sala, provavelmente checando quantas pessoas ainda teria que mandar embora. Eles não voltaram para Gérard, pois quando seus interlocutores não tão importantes viravam o centro das atenções, ela tinha uma espécie de comichão, começava a revirar os olhos, remexer nos cabelos e balançar a cabeça, tudo menos se concentrar no que era dito.

Gérard se esforçava para formular suas frases em português e ela, sem um pingo de consideração, aos poucos ia deixando a conversa pela metade. – Gente, com licença, acho que precisam de mim na cozinha.

De volta, retomava a conversa sem nenhuma menção ao que era discutido antes: – Gente, vocês gostaram do meu amigo? Ele não é uma graça?

Ao sugerir uma proximidade entre os dois, Samara fazia com que todos olhassem para Zeca com esperança. O sentimento geral era de que finalmente alguém poderia esclarecer de onde havia surgido aquela mulher e o que ela queria com seu carnaval.

Afinal, quem era aquela sobrinha surgida do além depois de tantos anos?, os frequentadores das festas se perguntavam. Por que entrara somente agora na vida de J. B.? Onde esteve e o que fez no tempo em que morou fora do Brasil? Era verdade que a sua mãe (a atropelada) e ele tinham sido amantes? Por que ele não falava em Samara antes da sua temporada em Lisboa? O que ela esperava recuperar promovendo aqueles encontros? Desejava algum tipo de reconhecimento?

Volta e meia, a essas perguntas somavam-se outras, aparentemente despretensiosas, sobre as origens da relação entre Zeca e Samara.

Vocês se conhecem de onde? Faz tempo? O que a Samara fazia da vida antes de se reaproximar de J. B.? Que filmes ou peças ela fez? Eles brigaram? E, finalmente, um comentário simpático para amenizar a conversa: – Foi muito bom ela ter aparecido. J. B. parece muito bem apesar dos dois ataques no coração e da ponte de safena.

Ao saber que Zeca e Samara eram recém-conhecidos, Gérard e Heloise fizeram cara de quem não tinha entendido, Zeca repetiu a história e eles sorriram um para o outro. – Ela levantou o... como se diz?... levantou o asstrrral dessa casa – disse Gérard. – Acho que faz muito bem para um artista ter alguém comu ela cuidando das coisas práticas da vida.

Quando Zeca passara a ser um dos frequentadores da casa, J. B. já não tinha muitos amigos por perto. A maioria tinha se afastado logo após sua volta de Lisboa. Muitos não conseguiam reconhecê-lo e não se entendiam com os figurões das artes e da imprensa que eram convidados por Samara e despencavam na casa como quem não tinha nada melhor para fazer. Tampouco com aqueles que queriam iluminar suas biografias ao conviver com um "personagem histórico", um herói que lutara por alguma coisa que seria lembrada algumas gerações mais tarde.

11

– Fique, homem! Ela vai amar! – disse Judite ao final de uma festa.

– Eu não posso, já te disse que tenho compromisso amanhã cedo – respondeu Zeca.

– Mas vocês não tinham que conversar sobre o seu almoço com aquela jornalista? Falando nela, eita mulher doida! – Antes que Zeca respondesse, ela emendou: – Fique, homem! Essa mulher vai ficar doidinha de felicidade o dia que você dormir aqui.

– Ei, para de falar bobagem e me diz uma coisa. Eu vi uma movimentação e acho que o Jacinto vai embora daqui a pouco. Será que ele pode me dar uma carona? Onde ele mora?

– Xi, aquilo ali mora em Sapopemba. É longe pra burro, mas é só pedir que ele te leva antes. Não custa nada, não.

– Claro que custa. Ele trabalhou o dia todo, não faz sentido me levar se o caminho for fora da rota.

– Se ela mandar ele te levar, ele leva, não tem mas nem por quê. Agora, se ela quer que você vá embora, aí já são outros quinhentos. Eu, se fosse você, aproveitava aquele quarto arrumadinho e dava logo um sossega-leão nela.

Desde o primeiro momento, o empenho de Samara em enturmar Zeca fez com que se formassem fileiras de sorrisos embriagados. Todas as rodas se abriram numa velocidade surpreendente e ele se divertia ao pensar que, no Rio, aquele mundo sempre estivera fora do seu alcance. De repente, as portas tinham se aberto sem que ele fizesse nenhum esforço. Longe das maquinações dos Lobo e dos Marcondes, ele realizava a fantasia que alimentara a existência dos seus pais antes mesmo da sua chegada ao mundo.

Eu sou um deles agora, Zeca pensava, e o melhor de tudo era que ele tinha entrado pela porta da frente e sem nenhum motivo edificante. Ele não estava ali por causa das suas habilidades em cálculo aprimoradas na Universidade de Chicago, mas somente por causa do seu parentesco com um papa-audiência que escrevia novelas adocicadas.

Ao desembarcar em São Paulo, Zeca acabara caindo de gaiato numa festa onde qualquer coisa podia ter acontecido. E por trás de tudo aquilo, ele concluíra com seu sorriso torto de canto de boca, parecia haver o simples exercício do acaso com a sua desconsideração diabólica a planos e esforços.

No final dos encontros, Zeca folheava os jornais jogados na sala se lembrando dos diários econômicos que lia pelas manhãs, nos tempos em que trabalhava em um banco de investimentos no Rio de Janeiro. Junto com o café, engolia especulações diárias de economistas experientes sobre o quanto de riqueza o Brasil poderia produzir e o impacto disso na existência das pessoas. Durante anos, o tal Produto Interno Bruto balizara parte importante da sua vida. Difícil lembrar um único dia em que não o tenha citado em um relatório, reunião ou cafezinho. Agora seus interesses giravam em torno de outro indicador, que ele mesmo pensava em criar: o Desespero Interno Bruto. Zeca pretendia vendê-lo para a ONU ou para o Médico sem Fronteiras, pois certamente era muito mais útil que o PIB.

Havia o desespero de Samara, de J. B., de Judite, o meu desespero, o desespero de Nina, de Tião, de John John, do tio Nenê, havia o desespero de todos naquela sala – atores, jornalistas, empresários, socialites, larápios, benfeitores e vendedores de piano –, o desespero dos Lobo, dos Marcondes, o desespero de Mônica, a ex-mulher de Zeca, dos seus colegas no banco. O desespero estava por toda parte.

Não era novidade que todos tinham sua parcela de dor, sofrimento e desesperança, mas, de alguma forma, na casa de J. B. Zeca se sentira alçado a um patamar mais alto de onde podia observar um novo conhecimento. Ali ele estava diante de pessoas para quem o dinheiro não era mais uma questão, pelo menos no que dizia respeito à sobrevivência. Eles queriam mais, sonhavam com projetos que mudariam o mundo; alguns o fariam nem que fosse com um soco na boca do estômago. O problema é que muitos não faziam a mínima ideia de como começar. O desespero deles por um lugar na terra dos justos era tocante e merecia ser estudado por uma alma dedicada. Como Zeca tinha tempo de sobra e não tinha o que temer, decidiu começar a escrever sobre tudo o que via ou lhe contavam.

Fazendo-se de inocente útil, Zeca, que jamais tivera talento para fazer parte de uma turma quando morava no Rio de Janeiro – fosse a do Posto 9, em Ipanema, da torcida rubro-negra do Flamengo, do centro acadêmico do curso de Economia da PUC, dos bares da Lapa ou mesmo da livraria Argumento do Leblon –, passara a ser assediado por várias facções. A princípio, existiam os asseclas de J. B., com Samara à frente, em uma série de subgrupos com apetites diversos. Fora da casa do artista, aos poucos ele era atraído para perto de um casal subitamente amistoso.

Isso começou com um e-mail de duas linhas que Zeca mandou para Nina logo depois do almoço no Ecco. Sua intenção era se exibir com os contatos do agente de Baryshnikov, assim quem sabe ela teria uma boa entrevista sobre J. B. e finalmente abriria a guarda. No entanto, em um momento inesperado e sincero de afeição, perguntou como Nina estava depois da conversa bizarra com o empregado de seu pai. Daí em diante, Zeca não sabia precisar como, de que parte, nem por quê, a conversa evoluiu para uma troca de e-mails (por baixo, ele contava uns 250) altamente provocativos sobre o próximo almoço que ele iria pagar para ela.

Enquanto digitava incessantemente, Zeca era tomado de uma alegria simples que, por surgir de forma imprevista, parecia imensa, avassaladora, quase infantil.

Durante essa espécie de transe que se tem diante do computador, ele era incapaz de saber que uma das razões da sua euforia era a desenvoltura com que se entregara àqueles diálogos livremente cáusticos e, às vezes, muitas vezes, inúmeras vezes, salpicados com passagens de duplo sentido – um território onde, se ele não fosse capaz de transitar com naturalidade, a conversa com Nina morreria nos primeiros e-mails.

"Você já experimentou o suflê de goiabada do Carlota?"

"Minha experiência com goiaba não vai além do romeu e julieta, mas com a sua ajuda eu posso aprender muito mais."

"E língua, que tal?"

"Como assim?"

"..."

"Dá pra ser mais específica?"

"Não há nada mais específico que uma língua."

"Língua de boi ou língua que faz cócegas?"

"Desculpa te dizer, mas de onde eu venho língua só faz cócegas quando algo sai errado."

Parecia que depois de dezesseis anos debruçado sobre balanços financeiros e relatórios que recomendavam a compra e a venda de ações de empresas nas bolsas de valores, Zeca tinha mantido alguma fibra intacta. Algo nele ainda respondia pronta e genuinamente àquele tipo de estímulo e, no prazo de alguns segundos, podia se sair com um contragolpe de palavras agridoces – e, com sorte, ainda era espirituoso. Podia ser pouco, mas naquele momento era mais do que ele sonhava encontrar.

Trocar sacanagens deliberadamente por e-mail, fazendo disso o bom aproveitamento do tempo, era um ritual de libertação.

Onde antes havia palavras como "debêntures", "ações ordinárias" e "fundos hedge", agora entravam "mulheres foderáticas", "minhoquinhas delícia" e "tarados pirlipimpim". A verdade era que, de tudo o que Nina dizia, Zeca entendia metade, e mesmo assim ele achava tudo encantador.

O meio de iluminar suas tardes livres numa casa que alugara no Jardim Ingá, zona sul de São Paulo – o lugar mais insuspeito, afastado e clandestino que tinha conseguido encontrar –, era trocar textos escritos da forma mais áspera e maliciosa possível. Feitas as contas, dava o oposto da vida que ele levava meses antes, numa cobertura na Barra da Tijuca.

Depois do curso de Economia na PUC-Rio, onde teve aulas com alguns dos criadores do plano Real – homens cultos, cosmopolitas e pragmáticos que na sua casa eram chamados de os "refundadores do Brasil" –, Zeca fez seu mestrado na Universidade de Chicago. Não era o MIT, como todos sonhavam na sua casa, mas era mais que suficiente para sonhar grande. E sonhar grande, naqueles idos dos anos 1990, era quase uma obsessão entre Joaquim Lobo e Suzana Marcondes. A mãe de Zeca era professora aposentada de sociologia e ganhava a vida dando aulas de francês; seu pai era ex-militante de esquerda e psicanalista que vivia perdendo dinheiro ao investir suas economias em restaurantes e botequins para turistas. Após uma vida dedicada à sobrevivência e à educação do único filho, ambos esperavam que ele refundasse a família.

Zeca era sua única esperança. Desde garoto, durante os almoços de domingo, ele escutara que, juntos, os Lobo e os Marcondes formavam um corpo com apenas duas ramificações importantes: os "poetas" e os que "rasgavam dinheiro". Seu tio Felipe era um autor de novelas da Globo, portanto o grande mestre no grupo dos poetas. Ao seu lado estava André, um trompetista pós-bossa nova que chegou a tocar com Pixinguinha; Hugo, fotógrafo do *Jornal do Brasil* e virtuose dos retratos em alto-mar, e Cíntia, atriz de causar suspiro da primeira à última fileira do teatro.

Todos, com exceção do seu tio Felipe – um bruxo que multiplicava seus ganhos pelo número de pessoas enfeitiçadas na frente da tevê – tinham passado a vida à espera de uma grande chance.

Do lado dos que rasgavam dinheiro tudo era mais simples. A mágica consistia em, de tempos em tempos, inventar um projeto genial, passar o pires recolhendo dinheiro entre o maior número possível de otários, torrar a grana todinha com putas da categoria "capa de revista", jogo do bicho e passeios de barco e, diante da "má fase nos negócios", passar um tempo se lamentando das injustiças do capitalismo até que todos esquecessem disso e estivessem dispostos a abrir a carteira de novo.

Com boas notas desde cedo, um diploma numa das melhores faculdades de Economia do país e uma bolsa de estudos na Universidade de Chicago, estava dada a largada para a "terceira via" da família. Esta era sua grande chance. Dali viriam os bônus milionários e, com eles, os apartamentos na avenida Vieira Souto, os jantares com as famílias da Zona Sul, os carnavais de gala no Copacabana Palace, as viagens de primeira classe para Courchevel e os netos vestidos com o uniforme do Santo Inácio.

Perdidas as esperanças, todos se perguntavam qual era a matriz preponderante de Zeca, ou seja, se ele era da linhagem dos poetas ou dos malucos que rasgavam dinheiro. Era dessa costela, afinal, que todos da sua família eram feitos. E, caso houvesse alguma dúvida sobre isso, o "surto" responsável pela sua fuga para São Paulo estava lá para confirmar o fato.

12

Quando a troca de e-mails entrou numa frequência perigosa, Nina começou a falar de John John (em condições normais, era apenas John, mas quando a voltagem subia entre eles, fosse o motivo razoável ou não, ela cuspia seu nome duplo usando um tom que lembrava o furor dos operadores de Hong Kong entrevistados para a *Bloomberg*). Cerca de duas semanas depois do almoço no Ecco, quando a conversa com Zeca parecia estar saindo do controle, ela surgiu com um papo de que eles deveriam marcar um encontro para ele e John se conhecerem melhor.

Pois bem. Era uma tarde abafada de sábado quando os três combinaram de tomar um chope no Pirajá, o bar que ficava a poucos metros do encontro entre as avenidas Faria Lima e Pedroso de Morais e do pirulito arquitetônico de Ruy Ohtake.

Nos dias quentes como aquele, o tumulto era parte do atrativo do bar, de forma que eles ficaram numa mesa de madeira disposta na calçada, sob a cobertura de toldos de lona verde-escura. Ali a confusão era menor e Nina podia fumar seus cigarros sem incomodar tanto. Antes que Zeca se desse conta, ela se sentou no lugar mais próximo da rua, de costas para vasos com buxinhos bem podados e não muito longe de onde o toldo terminava, deixando os "meninos" juntos na outra ponta da mesa. Além deles, Nina havia chamado mais três amigas e um amigo que falavam aos gritos e riam e se abraçavam freneticamente.

Enquanto não parava de chegar gente, os dois conversavam sobre as experiências de Zeca no Jardim Ingá – algo para ele desprovido de significado especial, porém, para alguém nascido e criado na Zona Oeste de São Paulo, a fonte de sentimentos similares aos evocados por outros vórtices da desordem. (Zeca pôde notar que tratamento parecido se dirigia a antigos colegas do banco que voltavam de cidades como Luanda e Mombai). Sem que se desse conta, quando abriu mão de sua antiga vida, ele tinha virado objeto de adoração de um determinado tipo com rejeição pelo seu próprio meio de sobrevivência. John era mais um deles.

– Cara, você é corajoso. A Nina me contou da sua experiência – disse ele, sem parecer se esforçar para pôr a palavra "experiência" na frase. – Eu acho admirável essa disposição para experimentar coisas novas fora desse nosso mundinho.

Zeca sorriu meio sem graça. Não sabia exatamente do que ele falava.

– Você trocou o Rio por isso aqui... – Ao perceber que Zeca não sabia o que dizer, ele improvisou. – Onde você está é perigoso? É como uma Cidade de Deus? Tem toque de recolher?...

– Às vezes eu ouço uns pipocos de madrugada, mas no Rio também tinha. Não é nada de mais – disse Zeca.

– Você entrou sozinho ou precisou de autorização?

– Nunca precisei de nada. Cheguei de carro, desfiz a minha mala e saí para comprar um frango assado na padaria da esquina. Não tem mistério – ele disse, fazendo o possível para disfarçar a mentira.

Enquanto tomava os primeiros goles de chope, Zeca pensava que John era, sim, um bom sujeito. Era uma pena, uma pequena mas verdadeira tragédia, os dois terem se aproximado antes que ele fosse agraciado com uma notificação do além avisando que a vida podia ser complicada para todo tipo de gente. Zeca queria avisá-lo e, quem sabe, abrir um mapa sobre a mesa para que achassem juntos a caverna onde ele poderia se enfiar, descascando tocos de madeira pelo resto dos seus dias.

Enquanto Zeca descrevia sua casa – um quarto, sala e banheiro tão exóticos que pareciam estar numa aldeia da Papua-Nova Guiné –, Nina não os perdia de vista. Na ponta da mesa, ela fingia ouvir seus amigos despejarem opiniões sobre tudo entre o céu e a terra. Ela bebia, ria e fumava, mostrando-se curiosa diante de qualquer assunto apresentado por eles (falava-se de tudo, mas curiosamente nada a respeito de J. B.). De costas para a Faria Lima e as fileiras de gente em busca de uma mesa, mantinha suas anteninhas pairando sobre os dois. Seus corpos invisíveis dando rasantes e se infiltrando entre os copos de chope, uma caipirinha e uma porção de bolinhos de bacalhau numa atenção ininterrupta a toda e qualquer movimentação ou palavra partidas de Zeca e John.

De vez em quando, seus amigos se voltavam para os dois por alguns segundos, os olhos transbordando de simpatia e júbilo depois de vários chopes. John John e Zeca, o mastodonte metrossexual e o capitalista desgarrado. Que gracinhas, os meninos da Nina, eles pensavam.

Cerca de duas horas e meia depois, o tempo virou e começou uma chuva forte. A água passou a deslizar pelos toldos como uma fina cascata por detrás de Nina, deixando antever o fluxo de luzes e reflexos dos carros a caminho do Largo da Batata.

A menos de um quilômetro dali, outros grupos bebiam, jogavam bilhar, caça-níquel, truco e fliperama, dançavam forró, se entorpeciam com pedras e ervas baratas, flertavam ou simplesmente gastavam saliva à espera de que a vida se encarregasse de pôr as coisas no seu lugar. Cruzados debaixo do assento, os calcanhares de Nina sentiam a chuva respingar como um estímulo para não perder de vista o que os dois falavam do outro lado da mesa.

No Pirajá, as pessoas de pé na calçada buscavam espaço entre as mesas, espremiam-se em meio a bandejas cheias de copos de chope, que continuavam sendo repostos numa velocidade alucinante, e, no meio da confusão, aqui e ali começavam conversas entre desconhecidos.

– Diz aí, Zeca – disse John – Se tivesse aquela maresia, dava até para se sentir no Rio, não dava?

Em termos práticos, Zeca pensava, passar uma tarde de sábado em um bar papeando com quase desconhecidos podia não significar muita coisa. Àquela altura da vida, ele sabia que nenhum deles sairia dali com descobertas extraordinárias. Nada muito relevante seria resolvido naquelas poucas horas. Apesar disso, ele se tornara paranoico com o que não podia ser analisado em tais *termos práticos*, ou, pelo menos, tal qual ele os havia concebido da sua falsa fortaleza. Calma, devagar com o andor, ele pensava. Sempre se pode esperar. Ironicamente, em alguns momentos a vida podia ser muito parecida com a mesa de operações, onde seus chefes o haviam ensinado que se ganha e se perde fortunas enquanto arde em chamas um palito de fósforo. "Senta nessa mão e fica quieto, porra!", era o que Zeca mais ouvia quando estava prestes a concretizar uma negociação de ações antes da hora, correndo o risco de perder muito mais dinheiro do que deveria, ou, ainda mais sério, ganhar menos do que poderia. Ao seguir as regras do mercado – esta criatura que podia ser tão humanamente disforme, fluida e onipotente – ele aprendeu a esperar, e respirar, calmamente, enquanto queimava o palito de fósforo.

A noite foi baixando e a chuva parou, deixando o asfalto com o aspecto prateado e liquefeito, um mar de óleo escuro infiltrado por canteiros, postes e carros. Depois de algumas horas e sabe-se lá quantos chopes, Zeca olhava para John, mas já não escutava uma palavra do que ele dizia. Pouco antes disso, em meio ao rebuliço trazido pela chuva, Nina tinha reagido a uma piscada dele com um sorriso carinhosamente desdenhoso, como a irmã mais velha que impõe limites a um comportamento descabido.

Como era de se esperar, aquilo havia funcionado sobre Zeca como a senha para liberá-lo de responder às interjeições de John. Daí em diante, Zeca passou a interagir com ele mais ou menos com o mesmo tom de desprezo usado por Nina. Sua tática, que vinha sendo amplamente aperfeiçoada nos últimos tempos, era balançar a cabeça como quem concorda com tudo, mesmo que fosse uma barbaridade, e sem nenhuma reserva.

– Eu moraria no Rio, adoro aquilo tudo, praia, gente na rua o tempo todo, a badalação em torno das cafonices da Globo... até a malandragem do carioca me diverte... Sério! Eu não consigo entender o que faz alguém trocar essa vida por São Paulo. – Antes de lançar a próxima pergunta, ele estendeu o braço na direção da Faria Lima, como quem diz: "Olha só o buraco onde você se enfiou agora. Olha só para esta cidade!".

Diante do silêncio de Zeca, depois de um tempo ele não resistiu: – Por que, afinal, você deixou tudo no Rio e veio pra cá?

Zeca olhava pra ele sem dizer nada, até que viu Nina encarando-o.

– Eu sou um daqueles que acham bom se mudar de vez em quando.

– Mas e o trabalho, os amigos?... eu só não me mudo por causa disso. Sou muito apegado à vida social... aos pequenos prazeres...

John olhou pensativo na direção da rua, seus olhos já entorpecidos e um tanto ameaçadores por causa do seu tamanho.

– Isto sim! Não há nada mais importante!... Os pequenos prazeres é que importam. Eles que mandam.

– Eu assino embaixo.

Zeca concordava sem dizer muita coisa, mesmo quando discordava totalmente. Sem dúvida, as antenas de Nina tinham captado tudo, embora ela e os seus amigos tivessem interagido com os dois apenas quatro ou cinco vezes para perguntar a impressão de Zeca sobre algum aspecto da vida em São Paulo (logo ele também pôde constatar a bipolaridade de quem morava em SP: ora a cidade era fabulosa, a Nova York brasileira, onde tudo acontecia 24 horas por dia, sete dias por semana, ora era o inferno de concreto e asfalto, onde a palavra overdose podia alcançar todas as conotações possíveis, solapando os sonhos de respirar livre dos bárbaros).

E assim, sem nenhum motivo pelo qual merecesse ser lembrada, a noite foi chegando ao final. Na hora das despedidas, Zeca se perguntou se por acaso teria dito a John qualquer coisa sobre a troca de e-mails com Nina (algo como "minhoquinhas delícia" saltou à sua consciência e fez com que sorrisse caprichosamente). Ele não lembrava, porém a cisma acabou levando a melhor, de forma que, até o fim da noite, e mesmo durante parte do domingo, Zeca sondou seus pensamentos atrás de qualquer menção à intimidade que aos poucos surgia com Nina.

Embora todos mal parassem de pé, houve um espanto geral quando se soube que ele iria de táxi para um ponto tão distante da cidade.

– A gente leva você, José Carlos – disse Nina, arrastando a voz como se tivesse acabado de acordar. John a segurava pela cintura como uma manequim de loja com não mais que vinte quilos.

– Sem chance, vocês não têm ideia de onde eu moro. Depois não vão conseguir voltar.

A casa de Zeca ficava nos fundos do terreno de um casal de velhos simpáticos que alugavam os dois cômodos para complementar os parcos rendimentos da aposentadoria. Para chegar à porta do quarto, ele atravessou a garagem atulhada de material de construção e vasos com samambaias e espadas-de-são-jorge, abriu um portãozinho enferrujado que estava fechado por um arame torcido e finalmente chegou ao quintal dos fundos. Lá avistou o caixote torto e mal-ajambrado onde passava as suas noites. Até alcançar a porta, eram menos de dez passos no chão de cimento rachado. Naquela noite, a dança entre montes de cocô de cachorro e varais de bambu com lençóis, camisas e cuecas foi um desafio ao qual ele se dedicou com todas as suas forças. Fosse poeta ou alguém que rasgava dinheiro, Zeca sentia estar reencontrando o seu caminho naquele mundo perdido. Seu desejo era estar longe de todas as lembranças da vida que levava antes. Longe do Rio de Janeiro, dos seus pais, de Mônica, do banco, enfim, dos sonhos e batalhas pelos quais sua vida vinha sendo sacrificada – ali parecia estar o seu ponto de partida.

13

No seu primeiro dia na casa do Jardim Ingá, debaixo de um chuveiro elétrico ornamentado por fios mal encapados que saltavam do seu motor como ervas daninhas, Zeca imaginava quem ele queria ser dali em diante. As possibilidades do anonimato eram praticamente infinitas, ele pensava, enquanto buscava se posicionar no centro gravitacional onde o calor da água quente se sobrepunha à sensação das gotículas frias.

J. B., então, estava fora do seu radar. Zeca lembrava da sua coluna dominical na última página dos cadernos de cultura e sabia qualquer coisa sobre o episódio envolvendo o Bolshoi. Em algum momento da vida, lera por alto que o escritor tinha se envolvido com a resistência no Chile; nada mais. Sua primeira aparição na vida de Zeca ocorreu algumas semanas após sua chegada a São Paulo, quando seu tio Felipe o convidou para acompanhá-lo a um encontro na casa de Higienópolis (astutamente, sem nenhuma menção à sua debandada recente do Rio de Janeiro).

Querido Zeca,
O meu nome e o seu estão na lista dos convidados das reuniões na casa do J. B. Eu já estive lá outras vezes e só posso dizer que em SP não há outra pessoa capaz de reunir tanta gente interessante em uma única noite.
Um abraço,
Tio Fê.

Embora os dois vivessem em mundos diferentes (seu tio, um poeta da tevê, enquanto Zeca vagava no limbo em busca do seu lugar), ele tinha sido treinado para entender aqueles sinais. Ao ler o e-mail, sentiu o esforço para fazer aquelas duas letras soarem quase imperiais, o que mais tarde pôde creditar aos esforços de Samara na sua batalha para dourar seu tio.

– J. B. – ele disse para si mesmo. – Grande bosta.

Em outros tempos, Zeca sairia correndo para comprar os livros de J. B. e passaria um bom tempo mergulhado neles se preparando para a ocasião. Após uma temporada estudando nos Estados Unidos e trabalhando em um banco de investimentos, não havia dúvidas de que aquilo era a coisa certa a fazer. Planejamento parecia tudo na sua vida, era o alicerce sobre o qual ele baseara suas conquistas, por isso não ousava sequer atravessar a avenida Atlântica sem calcular os riscos e as oportunidades em jogo. Se existisse uma pergunta pertinente a respeito disso, esta seria: *Por que fazer diferente*? Sem isso, Zeca seria o cabeça de planilha em meio ao *petit comitê* dos Brickman. O caminho mais seguro, sem dúvida, seria entender os nós sobre os quais J. B. investira sua energia nos livros, e na hora certa lançar um comentário espirituoso (nunca cirúrgico), dando a entender que sabia onde estava pisando, mas sem se enfiar em enrascadas. Ocorre que, naquele dia, Zeca foi totalmente desarmado.

Enquanto fazia a barba diante do espelho minúsculo com uma moldura de plástico ordinário cor de abóbora, surgiu a semente do seu plano de responder às calamidades humanas com a mais absoluta indiferença. O mundo, até então um gigantesco tabuleiro de referências abstratas, evoluía para um não lugar onde a sua não existência seria insistentemente questionada pela loquacidade da vida ao redor.

– Sabe o que me disseram de você? – disse Samara ao recebê-lo.

– Não faço ideia.

– Nem queira saber. – Ela abriu um sorriso que, imediatamente, perpassou pelos olhos de Zeca como um convite para a transgressão.

– Judite, sirva logo o nosso querido lobinho – disse J. B. – Se ele for mesmo tudo o que me disseram, quero que monte uma base aqui em casa. – Enquanto falava, ele envolvia Zeca pelos ombros, tal qual um protótipo de homem-marshmellow. – Sabe, não é verdade aquilo que alguém escreveu sobre os banqueiros usarem camisinha no coração. Eu conheço muitos deles e sei que são necessários para que os vagabundos como eu possam fazer suas trapalhadas por aí sem dar bola ao dinheiro.

– Ei, calma lá! – disse Samara.

Na mesma hora, Zeca deu um sinal para que ela não se preocupasse. – Pode ser, J. B. Mas a outra forma de enxergar isso é que as pessoas como você, que não dão bola para dinheiro, é que talvez sejam necessárias para que os banqueiros façam suas trapalhadas.

– *Oh, my Gosh*! – disse Samara, refletindo a surpresa de todos. – Acabo de ganhar um amigo.

No dia seguinte, Zeca recebeu um e-mail de Samara dizendo que eles faziam questão da sua presença nas próximas festas, que J. B. finalmente tinha encontrado alguém capaz de responder suas gracinhas à altura etc. etc. etc. Seu tio Felipe recebeu uma mensagem parecida e ficou cheio de orgulho mal disfarçado pelo sobrinho caído em São Paulo de paraquedas. A partir disso, Zeca sentiu que sempre receberia um e-mail reiterando o convite para o próximo encontro. E assim ele se tornou um dos frequentadores das festas quinzenais na casa do dramaturgo.

Ir a Higienópolis duas vezes por mês se tornou o único compromisso na sua agenda e uma importante referência de tempo. Em vez de pensar que já era maio e haviam se passado três meses desde a sua chegada a São Paulo, Zeca contabilizava os quatro encontros na casa de J. B.

Algumas semanas mais tarde, ao ouvir o que Zeca tinha a dizer sobre Nina, Samara não sabia o que fazer com tanta gratidão. Aquele era o maior sinal de confiança recebido por ela em muito tempo.

– O que você tem falado com ela? – Samara perguntou.

– Muito pouco. Prefiro deixá-la falar – respondeu Zeca. – Não sei exatamente o que te preocupa...

– Me fala mais uma vez, assim, rapidinho.

– No dia da festa... eu já disse... ela estava trabalhando. Você sabe como é, os editores estavam pressionando pela entrevista e ela queria mostrar serviço. Mas isso não é o mais importante.

Nessa hora, Miguel entrou pela porta do escritório desfilando como um lorde desocupado, mas Samara perdeu menos de um segundo olhando a cena. Logo ela se voltou para Zeca com uma firmeza no olhar que encerrava qualquer possibilidade de conversa fiada.

– É sério! – disse Zeca. – Ela é a última pessoa no mundo com quem você deve se preocupar. Olha, eu não deveria dizer isso, mas... – Samara franziu os olhos como se daquele momento fosse sair a mais valiosa das informações. – Caso você ainda não tenha notado, o que ela quer fazer é mais um serviço a favor do J. B. do que qualquer outra coisa. Se você deixá-la passar uma hora e meia com seu tio, o resultado vai ser uma entrevista baba-ovo com o J. B. falando o que bem entender.

Samara sorriu gulosamente. Tinha bebido muito naquela noite. Como retribuição, trancou Zeca no seu quarto, acendeu um baseado e passou a noite fazendo as suas vontades.

Algo cheirava a morte, pensava Samara ao ver J. B. pela casa. Seria a decomposição antecipada do seu corpo? Os órgãos estavam lá, operando sua máquina gorducha, o sangue continuava correndo, as células e os neurônios, bem ou mal, seguiam trabalhando. Mas, aos poucos, sua alma ia embora, partia para o panteão dos artistas de formas arredondadas.

Aos quarenta e dois anos, solteirona e num mundo ao qual nunca pertencera, Samara procurava encontrar o seu lugar. Para as pessoas que frequentavam a casa de J. B. e conheciam um pouco da sua história, seguia sendo uma incógnita a razão do seu surgimento repentino na vida do tio. Afinal, onde estivera nos últimos vinte e tantos anos? Por que J. B. falava tão pouco dela? O que havia por trás daquela reaproximação? Era verdade mesmo que ela era a filha daquela mulher – a atropelada?

Alheia aos anseios de imortalidade que outrora haviam sido alimentados por J. B., Samara embrulhava-o como um suvenir revolucionário que se aproximava da data de validade. Seu tio era como uma relíquia em pleno exercício de queda, um anarquista de bengala que fazia sua última aparição em Higienópolis antes de seguir para o além.

Ao longo de trinta anos, ela tinha escrito para si a saga sentimental do seu tio em relação à sua existência – gênese, nascimento, pânico, orgulho, amor, fadiga, exaustão, culpa, raiva, tédio, indiferença, abandono e desprezo –, de forma que, naquele momento, sua consciência operava plenamente todos os pormenores da própria história.

Dois anos antes, ao chegar no hotel Janelas Verdes, onde J. B. estava hospedado a caminho de dar uma conferência na Universidade de Coimbra, ela não passava nem perto de qualquer culpa ou constrangimento. Fora tomar conta de um espaço que há tempos pedia para ser ocupado por ela.

Samara apareceu no Janelas Verdes de surpresa.

Ao entrar no hotel, gostou que a *concierge* a tratasse como se sua chegada já fosse aguardada. Só mais tarde, e da pior maneira possível, descobriria que J. B. esperava por outra pessoa.

Ela permaneceu durante alguns minutos encantada com as antiguidades do hotel, entre elas um retrato de Eça e um piano, enquanto os hóspedes circulavam de um lado para outro. Recusou qualquer assistência da *concierge*. Estava maquiada e vestida como a executiva-chefe de uma empresa. Sentia-se sólida de uma maneira inusitada, algo que há muito tempo não ocorria; era uma mulher dona de si e com um objetivo. Tudo corria sob controle. Nada a tiraria do seu caminho.

Enquanto esperava, sentia-se tão segura que chegou a se divertir com as imagens prosaicas que aos poucos se embaralharam na sua memória.

Numa manhã de inverno, ela e seu tio disputavam quem calçava as meias e os sapatos em menos tempo. Os dedos do seu pé eram gorduchos como a massa fresca de um pão caseiro e, por causa do frio, recolhiam-se como os de um bebê. Samara também se lembrava do seu tio escovando os dentes sem camisa diante do espelho, o peito forte quase desprovido de pelos, na época em que sua silhueta ainda não roubava tanto espaço do universo. Enquanto ouvia notícias em um radinho de pilha, ele levava água até a boca com a mão em forma de concha, o rosto bem próximo à pia, de forma que apenas o mínimo escorresse entre os dedos. Quando via Samara imitá-lo, sorria com olhos orgulhosos. Em um domingo de Páscoa, enquanto Samara dormia, J. B. desenhava pegadas de coelho e distribuía bilhetes pela casa com pistas sobre o paradeiro dos ovos. Quando o encontrou, seus dedos ainda estavam untados e cobertos de um pó branco. Sem dizer nada, ela disparou pelos cômodos com estardalhaço na caçada pelo seu ovo de chocolate.

Subitamente, Samara sentiu a estranha sensação de estar sendo observada por alguém que não era a concierge. Ao se virar, deu de cara com um homem que a media de cima a baixo e parecia estar bêbado. Era J. B.

14

O encontro seguinte entre Zeca e Nina foi marcado em um domingo ensolarado e começou pelo Centro. Depois de uma volta sem pressa pela Pinacoteca, onde eles circularam desatentos por uma exposição de gravuristas chineses, Nina sugeriu uma pausa na área externa do café do museu. Ela estava irrequieta como da primeira vez que Zeca a tinha visto, com a diferença que agora não tinha que furar nenhum tipo de bloqueio. À luz do dia, com os cabelos soltos, maquiagem leve e um vestido transparente aqui e ali, era outra mulher. Não tinha nada da morta-viva que fora ao Ecco.

Zeca também era outro. Quando os dois se sentaram ele contou que Nina não era sua única cicerone. Havia também seu Toninho, o dono da casa que ele alugara no Jardim Ingá. Aquele pobre homem viajava de tempos em tempos para o Nordeste para comprar rapadura, fumo de rolo (que algumas pessoas conheciam como fumo de corda) e manteiga de garrafa. Para economizar na sua viagem de volta, tomava carona com caminhoneiros e dormia onde houvesse espaço – na caçamba, se existisse um lugar livre em meio à carga, numa rede pendurada no lado de fora da carroceria ou encostado em algum canto. Depois de encarar pelo menos três dias de viagem, ele ganhava algum dinheiro vendendo os artigos às chamadas "casas do norte" espalhadas pela cidade.

Na manhã do último sábado, seu Toninho tinha acordado Zeca às seis e meia da manhã. Queria ajuda para carregar sua Saveiro azul-metálica com fumo de rolo. Nina não conseguia parar de rir ao ouvir a história.

– Depois ele quis que eu fosse ajudá-lo a vender.
– E você?

– Eu tive que ir. Não tinha outro jeito. No final do percurso, passamos no boteco de um cara que tinha um alambique lá para os lados de Embu das Artes. Ele ficou tão feliz com a visita do seu Toninho que montou uma churrasqueira no meio da calçada. Às dez e meia, eu estava comendo linguiça de porco e tomando 51 com limão no meio da rua.

– Você?! Com essa cara de filhinho da mamãe?

– Eu não tinha o que fazer. O cara não se conforma que eu fique quieto e sozinho dentro de casa. Pra ele, isso é sinônimo de depressão. Ler é sinônimo de depressão. Carregar fumo de rolo é que é divertido. Eu acho até que ele gosta daquele cheiro insuportável.

Zeca pagou a conta e os dois saíram pelo Parque da Luz. Sem dar conta da passagem do tempo, eles caminharam à sombra das árvores no pequeno percurso anexo ao prédio da Pinacoteca. Do lado de fora do parque, na rua entre o museu e a Estação da Luz, dezenas de colecionadores de carros antigos se exibiam uns para os outros. Através das grades do parque, viam-se os vendedores de água de coco, cachorro-quente e pamonha, além de grupos espalhados de flanelinhas, moradores de rua e bolivianos.

Eles tinham passado mais de três horas juntos quando Nina olhou o relógio: – Nossa, já são duas e meia. Eu combinei com o John que ele encontraria com a gente para o almoço, assim que saísse do plantão.

Nina mandou uma mensagem de texto pelo celular e indicou o portão de saída: – Enquanto ele não vem, eu vou te mostrar a Estação da Luz.

Eles atravessaram a rua sem pressa e passaram entre um Fusca cor de rosa de uma senhora de cabelos pintados com uma faixa vermelha na cabeça e um Ford 29 preto de um sujeito de uns quarenta anos que vestia bermuda e usava uma boina. Os dois trocavam elogios sobre o estado impecável dos carros e estavam tão hipnotizados que sequer piscaram quando Zeca e Nina passaram entre eles a caminho do outro lado da rua.

À medida que eles se aproximavam de alguma barraca, o vendedor começava a entoar sua ladainha. – Olha o coooco! Coco geladiiinho! – Ao mesmo tempo, a barraca ao lado disparava: – Hora de provar a pamoooonha! Pamonha gostooosa! Olha que delícia, minha gente. – Zeca e Nina se entreolharam e começaram a rir.

Do outro lado da rua, espalhados em pequenos grupos ao longo da entrada da estação, os bolivianos assistiam a tudo em silêncio. Ao perceber que eram observados, Zeca e Nina engoliram o riso.

Nina sempre estava alguns passos à frente de Zeca. Àquela altura ela já tinha contado sobre a sua separação inesperada, a viagem malsucedida a Lisboa e a morte do seu tio Nenê. Às vezes ela emendava um assunto no outro e saltava para um terceiro, abrindo-se em um rodamoinho de intimidade, candura e eloquência que deixava Zeca desconcertado. Ao escancarar suas histórias, ela própria fazia sua análise, comentava cada detalhe com a propriedade do protagonista e do crítico e concluía não muito interessada no julgamento de quem quer que fosse. Mesmo assim, ao terminar, geralmente dizia: – E você, o que acha disso?

– Eu estava tão transtornada com a minha separação que não consegui dizer nada quando a Samara entrou na sala e acabou com a entrevista. Eu estava um trapo. Não sei como conseguia trabalhar – ela disse. – Sabe aquela sensação horrível de começar o dia pensando que alguém te deu um pé na bunda? Eu mal tinha aberto os olhos e esse pensamento já martelava na minha cabeça. Era doentio. Eu não conseguia chorar, ligar pra alguma amiga nem falar mal dela.

Ela fazia sua autoanálise e, ao mesmo tempo, apontava discretamente os tipos curiosos que circulavam pela estação, um dos diversos pontos de encontro de malucos e miseráveis naquela região.

– Mentira, às vezes eu chorava, mas não muito. Eu acordava e ficava atrás de uma explicação para o que tinha acontecido. – Zeca não sabia o que dizer, mas ela não parecia preocupada com isso. – Nós tínhamos passado meses montando a casa, escolhemos tudo juntas. Eu não conseguia entender.

De repente, Nina parou de falar. Zeca pensou que talvez ela tivesse se dado conta do seu desconforto diante daquelas histórias.

– Às vezes, não há mesmo o que entender – ele disse.

– Talvez. Mas a cabeça de uma mulher não funciona desse jeito. Agora, vem cá, olha aquilo – ela apontou um pivete com não mais que dez anos à espreita de um velho à espera do trem no piso inferior. Zeca entendeu que, na verdade, ela não estava revivendo sua separação, mas concentrada nos momentos que deviam anteceder um assalto.

Logo ela continuou: – Mas o que eu quero te dizer é que a sua amiga me botou pra fora sorrindo e me chamando de querida. Não é por nada, mas é preciso muito talento pra me fazer passar por isso.

Zeca ficou satisfeito com a guinada do assunto. Já não queria mais saber dos subterrâneos da relação mais importante da vida de Nina.

Um sorriso torto escapou do seu rosto.

– O que foi? – disse Nina.

– Nada não – disse Zeca.

– Como nada? Por que você está rindo com essa cara?

– Estou te dizendo. Não foi nada. Só achei graça de tudo isso.

– Tudo isso o quê?

– Toda essa loucura... essa confusão que nos trouxe até aqui.

Zeca começou a andar a esmo esperando que aquilo tivesse acabado.

– Cara, eu vou te dizer uma coisa...

– ...

– Um dia eu vou te dar um porre daqueles pra você experimentar pelo menos uma vez como é falar sem pensar em tudo antes.

– ...

– Diz logo o que está pensando!

Zeca se virou de costas para a plataforma de embarque e ficou sorrindo pra ela, como se não tivesse nada para dizer. Nina insistiu.

– É que no banco eu simplesmente reproduzia fórmulas já prontas e testadas envolvendo dinheiro. Era só seguir um modelo, entendeu?... Meu contato com a realidade das pessoas era muito pequeno. Na verdade, quanto mais eu evitasse me aproximar dos problemas delas, melhor seria o meu desempenho e menor a chance de me meter em enrascadas. Não existia espaço para envolvimentos desse tipo.

– Que tipo?

Antes que terminasse, Nina olhou para ele e, num movimento súbito, fechou os olhos, deixando cair a cabeça sobre o peito.

– Tudo bem, pode parar com isso. Já entendi.

Nina abriu os olhos.

– Olha, eu sei que o J.B. tem uma história importante etc. e tal, mas pra mim ele é o cara que eu encontro de vez em quando. E ele está sempre lá, do mesmo jeito, tomando seu suco de tomate. Não tem mistério.

Ao notar que tinha conseguido a atenção de Nina, ele prosseguiu:

– É um amigo.

Zeca sentiu uma onda de segurança atravessando o seu corpo.

– É isso. Um amigo. Eu vou lá e divido as minhas coisas com ele. Falamos de tudo. Quer saber? Se você quer tanto falar com ele, eu vou dar um jeito nisso. Pode deixar comigo. Ele vai te dar essa entrevista.

Nina olhou para ele toda espevitada, mas com pouca confiança.

– Uau, agora sim! Eu não imagino o que você vai fazer para conseguir isso, mas já estou gostando.

A resposta de Zeca estava na ponta da língua quando um sujeito de proporções anormais se aproximou dos dois. Ele estava vestido casualmente e com uma série de adereços, incluindo um boné vermelho e branco e várias pulseiras feitas de sementes.

– Ele trabalha comigo no jornal – Nina disse, fazendo graça.

– Muito prazer, meu nome é John.

Os três saíram em direção ao Acrópoles, o restaurante grego que ficava a uns dez minutos de caminhada da Estação da Luz. Zeca viu John e Nina seguirem abraçados à sua frente na direção da porta. O pé direito do átrio da estação devia ter uns oito metros e, visto assim, diante de paredes coloniais, John nem parecia um X-Men, o resultado da mutação genética entre um crítico de cinema e a estátua do Borba Gato.

Quando os dois estavam diante da saída, o clarão vindo de fora pareceu trazê-los para mais perto de Zeca, como se a imagem tivesse acentuado a presença deles na sua retina. Nina olhou para trás sorridente: – Vem logo, menino, vem, senão a gente deixa você com os bolivianos.

Zeca praguejou para si mesmo e pensou em inventar uma desculpa para fugir. Enquanto bolava uma história e observava eles se afastarem emoldurados pela porta, irritou-se ainda mais ao perceber que os dois, juntinhos assim, formavam um casal charmosamente assimétrico.

– Sabe o que eu acho mais chocante nessa história? – disse Nina.

Ela falava sobre os bolivianos que viviam ilegalmente no Brasil e trabalhavam nas tecelagens do Bom Retiro. Zeca fingia prestar atenção, mas, na verdade, começava a pensar nas consequências do que tinha acabado de dizer. Ele não tinha a menor ideia de como faria para colocar Nina em contato com J.B.

Há tempos ele vinha tomando as rédeas da própria vida (ou da sua não existência), um passo de cada vez, com o cuidado de quem nunca tinha tido tanto poder nas mãos. De repente, ao fazer a promessa, o controle das esferas primárias e essenciais perdera a importância, fora inundado por um maremoto de palavras sem sentido. Ele queria voltar atrás, dizer qualquer coisa sobre as ondas de pensamentos irracionais tomando conta de tudo, contar uma piada e quem sabe assim deixar claro que tinha enfiado os pés pelas mãos. Mas agora era tarde, muito tarde.

– Mas, claro, não deixa de ser um conforto saber que sempre vai ter alguém mais desgraçado que nós – disse Nina na calçada, do lado de fora do parque, a caminho da Rua José Paulino.

Nas trocas de e-mails, Zeca e Nina falavam pouco sobre J.B. Ambos sabiam que, naquele momento, este era um território a ser evitado. Era o instinto pedindo a partilha da fortuna; o resto viria depois. Eles podiam falar de situações específicas, como a desastrosa passagem de Nina por Lisboa ou a confusão na festa para os estrangeiros, mas não a respeito do que imaginavam esperar por eles na casa do artista e sua sobrinha.

Zeca andava a esmo. Quando, a muito custo, conseguia se fazer presente por alguns instantes, escutava frases soltas de Nina sobre as espeluncas onde os bolivianos viviam na Zona Leste. Na direção contrária, um homem e duas mulheres carregavam três carroças de madeira amontoadas de papelão, sucata e garrafas de plástico. Três crianças e um bando de vira-latas os acompanhavam pela calçada.

De nada adiantava saber o que Nina queria com J.B., pensou Zeca. Ele já havia passado algumas noites em claro refletindo sobre isso, mas chegara à conclusão de que não tinha nada a oferecer que não fosse o próprio homem sentado na sua poltrona com Miguel ao colo. Para compor suas fantasias, ele teria que lidar com isso. Era fato. O frenesi da troca de centenas de e-mails fora mero aperitivo. Agora, para lambuzar-se no grande prêmio, subjugando-a de quatro e puxando seu cabelo, para agarrar a vida para valer, *bebendo até o último gole de felicidade*, ele teria que se desdobrar para colocá-la diante de J. B. O que ela queria de fato, pouco importava naquele momento. Quem queria saber? Quem ligava pra isso naquela altura dos acontecimentos? Qual o peso disso diante do fato muito, mas muito mais importante que despontava dentro da sua calça?

Nas suas especulações, surgira a ideia de que Nina se revoltava com a indiferença de Samara diante dos sacrifícios feitos por J. B. no passado.

Na Globo. No Bolshoi. Sacrifícios com efeitos históricos, ele repetia para si mesmo. Sacrifícios. Históricos. Históricos. Históricos sacrifícios históricos. Históricos sacrifícios. Histórias de sacrifícios. Uma história do sacrifício... Quem liga pra isso?, ele se perguntava. Foda-se o sacrifício e o que ficou para trás. O importante era dar um destino àquela força que irrompia à esquerda, uma força social democrata, alguém poderia dizer.

Eles seguiam pela Rua José Paulino. O carroceiro à frente gritava com as crianças e as crianças gritavam de volta.

Sacrifícios. Históricos. Um puta de um sacrifício.
– O que cês vão fazer com esse balde? – pergunta o homem à frente do carrinho para uma das crianças.
– Quê?! Que que eu vou fazê? – responde uma menina de uns seis anos. Os cachorros começam a latir.
– Eu vou dá banho na boneca!

Onde está o sacrifício, se pergunta Zeca? Onde?! Está dentro da sua calça, à espera daquele homenzarrão sumir do mapa e abrir caminho para a sua desforra. Sacrifício da puta que pariu! Cada um faz o que quer. Tem um homem que fez sacrifício pelos outros? Que grande merda, ele conseguiu. Mas o que ela quer com isso? Que merda vai conseguir levantando essa história? Aquele homem tinha feito seus sacrifícios? Fo-da-se!

Os cachorros continuam latindo. – Larga esse balde. Larga essa porra agora! – diz o carroceiro. – Eu já disse que essa porcaria não tem que pegar. Larga agora ou eu vou te deixar na rua.

A menina se agarra no balde.

O carroceiro sai correndo na sua direção e dá um, dois, três, sete, oito chutes no vira-lata que anda ao seu lado. Todos os cachorros começam a latir na sua direção. As crianças choram desesperadas e as mulheres gritam com ele. São umas dez pessoas, mas parecem ocupar um planeta inteiro. O planeta dos eternos fodidos pelos sacrifícios históricos.

Zeca demora um pouco a entender o que se passa. Nina grita com o carroceiro, mas ele não para.

– Larga, larga essa porra agora! Eu disse pra largar! Larga senão eu mato esse cachorro – Ele chuta o ar, a carroça e uma panela velha que cai no chão, espalhando restos de comida para todos os lados. Alguns cachorros comem o que parecem ser pedaços de carne.

– Eu vou chamar a polícia – grita Nina. – Eu vou chamar agora se você não parar.

O homem olha para ela e para. Olha com calma. Analisa. Sua respiração contém todo o sacrifício histórico que passa pela José Paulino. Sacrifício histórico é o nome dele. É o ar que eles respiram. É o pedaço de vontade rijo como uma lança que está preso à revelia dentro da calça.

– Estou ligando pra polícia. Você vai ser preso – vocifera John.

O homem ainda está parado, olhando para eles. Ele recolhe a panela vazia do chão, toma de volta as manivelas da carroça e segue. As mulheres se recompõem rapidamente, chamam as crianças e também assumem suas carroças. O cachorro, um espécime sujo e maltratado que lembra um *border collie*, fica estrebuchando no meio da rua. Os outros aos poucos vão se aproximando dele e de vez em quando voltam a latir.

O sacrifício não vai embora. O sacrifício que se exploda.

Zeca se aproxima de Nina, põe a mão no seu ombro. – Calma, vai ficar tudo bem. – Não, não vai. Nunca mais vai haver tanto sacrifício em uma tarde de sábado.

– Aquele cara, vocês viram? Aquele velho... – Ela respirava ofegante. Os olhos sem parar em único ponto, um sacrifício que não cabia nela. – O filho da puta! Eu não acredito!...

– Calma, Nina, calma. Agora acabou – disse Zeca.

– Acabou?... Eu não acredito. – Ela não quer chorar. – A polícia já está vindo? Algum de vocês chamou a polícia?

– Ele já foi embora. Esses caras vivem chapados, ele nem ouviu o que a gente disse. Vem aqui, meu amor, agora acabou. Fica calma.

– Vocês não entendem. Aquele cara... Vocês viram o rosto dele?

Nina fez de tudo para evitar o choro. John a envolveu nos braços e pediu para Zeca correr atrás de um táxi na portaria da Pinacoteca.

É o maior sacrifício de que se tem notícia desse dia.

parte 2

1

No aparelho de televisão instalado no alto da sala de espera da maternidade do Hospital São Luiz, o noticiário mostrava quilômetros de congestionamento na marginal Tietê. Naquela tarde, dois motoqueiros tinham sido esmagados por uma carreta depois de sofrer uma queda ao desviar de uma família de capivaras que surgira da margem do rio na direção da pista.

As câmeras do sistema de trânsito tinham captado o momento em que o primeiro corpo estranho saiu à esquerda dos motoristas, na altura do prédio da antiga sede da editora Abril. À frente dos dois olhos escuros e apalermados, o focinho úmido e nervoso indicava a direção dos carros. Na narração de William Bonner, "As orelhas pequenas e arredondadas não deixavam dúvidas: era um roedor, o maior de todos. *Uma capivara*."

Com a camuflagem dos pelos eriçados e endurecidos pela lama escura, ele se preparava para explorar uma das artérias do trânsito de São Paulo. O macho pisava na faixa perto dos carros e recuava logo em seguida, até que tomou coragem e invadiu a primeira pista, quando parecia não haver risco.

Da cama do hospital, Nina acompanhava as mensagens que não paravam de chegar no celular e sequer sabia do noticiário.

"Salve, Nina e Zeca! Felicidades a vocês e ao nosso Lobinho!", dizia uma delas. Em um correio de voz, logo em seguida: "Saudações ao mais novo torcedor do Corinthians! Que ele seja bem-vindo!".

Duas enfermeiras e um médico cochichavam ao seu lado. Uma delas gesticulava histericamente e chamava a atenção de Nina por causa dos seus dois olhos arregalados, a pupila lembrando uma jabuticaba, e porque quase não piscava. Tião e dona Maria, os pais de Nina, estavam do lado de fora.

Todos no hospital comentavam o acidente. Segundo as últimas notícias, a queda dos motoqueiros causara um engavetamento de carros e um congestionamento de cerca de duzentos quilômetros. O comando das forças de resgate falava em um número ainda incerto de mortos, dezenas de feridos, muitos deles em estado grave, e o prefeito ordenara que o secretário municipal de trânsito fosse imediatamente para o local.

Ao sobrevoar a área de helicóptero, as equipes das emissoras de tevê mostravam que o maior obstáculo ao resgate era o acesso ao centro nervoso do acidente, pois a marginal estava tomada de carros. – Não há como prestar socorro, diz o chefe dos bombeiros – informava de tempos em tempos o *Jornal Nacional* por meio de um comunicado que deslizava sobre uma tarja vermelha na parte inferior da tela.

Algumas pessoas reconheciam Tião, o garoto-propaganda das obras de revitalização no rio Tietê, mas ele evitava os olhares. Tentava se manter são em meio a uma catástrofe de proporções ainda desconhecidas e à preocupação com Nina, que ele queria fora do hospital assim que possível.

– Onde ela estava? – perguntou uma enfermeira com uma prancheta na mão.

– Voltando do trabalho, a caminho de casa – disse dona Maria.

– Tinha alguém com ela?

– Não, ela estava sozinha... Tadinha da minha filha – disse Tião.

Por alguns segundos, dona Maria temeu que ele fosse chorar ou que, ao se aproximar, a enfermeira sentisse o seu cheiro de álcool.

– Calma, seu Tião. Daqui a pouco vocês vão conhecer o seu netinho. Tenha só mais um pouco de paciência. O doutor Jaime já vai começar o procedimento com a sua filha.

Quando a enfermeira se afastou, Tião olhou de soslaio e resmungou uma maledicência.

– Tudo bem, eu já sei – disse dona Maria. – Eu sei que você não suporta quando eles usam a palavra procedimento. Sei que você fica revoltado. Mas se acalme, homem, a Nina chegou bem, fez tudo sozinha, ligou pro médico, pro Zeca, depois pra nós dois. Não tem com que se preocupar. Fazer cesárea é moleza. E ela e o seu neto estão bem. Agorinha mesmo eu vi que ela estava mexendo no celular. Se aquela dor tivesse continuado você acha que ela estaria mexendo no celular?

Tião andava de um lado para outro, a cabeça baixa para não cruzar olhares com ninguém. À simples aproximação de um funcionário da limpeza, pôs-se de alerta. Quando o homem mulato vestido com um uniforme cinza chumbo passou por ele sem dizer nada e, mais adiante, ligou uma máquina para limpar e encerar o chão, ele suspirou aliviado e por pouco não falou um palavrão em voz alta.

– Olha aqui. Presta atenção – disse dona Maria, num tom de censura maternal. No seu íntimo, o ambiente da maternidade, sobretudo aquela onde iria nascer o seu neto, não era o lugar para ataques de nervos. – Vai dar tudo certo. Logo nós vamos embora, você vai ver.

Tião parou um momento de frente para outra tevê e passou a mão na cabeleira crespa várias vezes. Estava quase explodindo, mas já tinha entendido que ali não era lugar para praguejar.

– Eu já falei que esses bichos filhos da puta têm que ficar no parque ecológico. Eu já cansei de falar, mas ninguém me ouve. Ninguém ouve e ninguém quer cuidar desta imundície. Daí eles descem pelo rio e fodem a cidade toda e sobra pra quem? Pro Tião, claro.

– O que você podia fazer?

– O que eu podia fazer? Eu podia inundar essa cidade e começar tudo de novo. Do zero. Daí eu queria ver quem ia encher o saco.

Um médico saiu de um dos quartos e olhou para Tião como se ele fosse um menino levado. Na porta atrás dele, uma das letras penduradas em um varal com o nome da recém-nascida virou de ponta-cabeça. Sem encará-lo, Tião fez um sinal de arrependimento. Quando ia se sentar ao lado de dona Maria, viu o noticiário anunciar um total de cinco mortos e dezoito feridos. A tevê mostrava equipes de resgate com macas serpenteando os carros destruídos. Sob o céu calmo e azul de inverno, as luzes piscavam frenéticas revelando partes do monstro de lata, combustível, sangue, dor e desespero. E aquilo estava apenas começando.

Dona Maria passou a mão nas suas costas, que era a sua maneira de dizer que estaria ao seu lado durante a avalanche que viria. Naquele instante, ela sabia que qualquer sinal diferente disso seria o equivalente a empurrar mais uma rocha ribanceira abaixo. – O governador já ligou pra você?

– O que você acha, dona Leontina?

– ...

– Ligaram umas vinte vezes.

– E aí?

– E aí querem montar uma base de apoio nos meus prédios novos. É no meu rabo que eles vão colocar essa bomba.

O orgulho recente de Tião era uma série de lançamentos imobiliários nos bairros que margeavam o rio. Na altura do centenário Clube Espéria, em Santana, havia uma série de empreendimentos novíssimos com placas que anunciavam: "AGORA DÁ!". Na margem oeste do rio, onde antes as curvas metálicas da montanha-russa Looping Star do Playcenter dominavam a vista, também passara a chamar a atenção o conjunto de cinco torres modernas de diferentes tamanhos ao fundo dos brinquedos, tal qual réplicas futuristas e ampliadas das construções de San Gemíniano. Ao longo de vários trechos da marginal Tietê, meninas maquiadas, de semblante apático e vestidas de uniformes carregavam bandeiras que diziam: "NOVA CACHOEIRINHA: VOCÊ MERECE!", "PRÉDIOS NEOCLÁSSICOS EM PERDIZES – UM SONHO AO SEU ALCANCE", "VENHA PARA A VILA MARIA. ÚLTIMAS UNIDADES!".

Os preços disparavam como nunca e até o complexo Jardinópolis, uma favela vertical construída com subsídios do governo, era alvo da Una Empreendimentos Imobiliários. Segundo a proposta oferecida ostensivamente por Tião, o morador que abrisse mão do seu apartamento, um cubículo com o mínimo de estrutura para se viver, poderia usar seu crédito para dar entrada em outro imóvel com o dobro da área e um valor três vezes maior. "Pague em cem, duzentas, trezentas vezes. O negócio só é bom pra nós quando é bom pra você", diziam os folhetos publicitários que eram depositados todos os dias debaixo da porta dos moradores das favelas verticais. Corretores e funcionários de companhias financeiras pipocavam diariamente. Todos circulavam pelos prédios sorridentes e obsequiosos.

Aqui e ali, pequenos grupos esparsos de urubus e carcarás faziam sua vida às margens do rio. Curiosamente, as capivaras não apareciam há muitos anos. E, para surpresa de todos, de vez em quando surgiam algumas garças vindas do Parque Ecológico do Tietê, no leste da cidade.

– Ali estão os verdadeiros donos do dinheiro – dizia Tião de peito estufado, apontando o céu com intenso tráfego de helicópteros àqueles que o acompanhavam na vistoria semanal às obras de revitalização do Tietê. – Oxalá, Deus queira que eles tenham vindo para ficar.

Ao fazer seu trajeto semanal pelo rio, Tião tratava o mercado imobiliário como um dos símbolos da "nova era" para a qual São Paulo despertava com o "novo Tietê". Depois surgiriam cinemas, restaurantes, bares, butiques e uma infinidade de outras formas de vida que até então passavam longe dali. Prevendo o que viria pela frente, ele se apropriara de alguns apartamentos assim que começaram a surgir sinais de valorização.

– Reservei logo dois! – dizia, cheio dos louros invisíveis que cobriam sua cabeça grande. – Uma cobertura para a Nina, ali pertinho do Playcenter... tem vista para o rio e tudo!... A do Pedro fica na Nova Perdizes... para quando ele voltar de Londres.

Os apartamentos seriam parte da herança que Tião deixaria para seus dois filhos. – Eu cresci à base do sacrifício, mas se posso ajudar meus filhos, por que não faria isso? – Empoleirado no posto de chefe da família, ele colocava em prática o seu maior talento e falava, falava como falava, até dona Maria chutar seus gambitos por baixo da mesa.

– A sua mãe e eu já estamos cuidando do nosso, sabe?... Queremos um apartamento... quer dizer, uma casa... que dê para nós dois... porque, sabe como é, né?, a gente, quero dizer, eu vim da roça e gosto de espaço, de mato, mas agora que vocês foram embora... sabe como é... Nós queremos só um lugar para receber os netos... e como sonhar pequeno e sonhar grande dá o mesmo trabalho, por que não uma base no exterior?... para passar as férias... Mas ainda não decidimos onde. Vai ver é Miami, ou Orlando, que a mãe de vocês gosta... Mas vai ser bem modesto.

Diante da generosidade com que pretendia abençoar o futuro dos seus filhos, desaparecia o seu talento com as palavras, como se ele fosse atropelado por si mesmo. – Onde eu comprei... ali... pra vocês... sabe?... O sol bate o dia inteiro, filho, começa no quarto principal... o sol bate o dia todo... mas a gente muda se for preciso... ah, muda, sim, claro que muda!

A verdade era que Tião sofria um tremendo desgosto com a indiferença dos filhos ao que ele conquistara. Atormentado na solidão do seu pequeno império, ele rodopiava em torno de si mesmo na cadeira presidencial da qual chefiava as obras da empresa. Dela, além de comprar e vender imóveis, ele se tornara garoto-propaganda de um programa que pretendia engajar a população das áreas carentes da cidade em um plano para dar vida nova ao Tietê, o rio mais importante da cidade. O projeto era "faraônico", "sem precedentes na história do estado", diziam os jornais.

A mãe de Nina costumava brincar com as amigas ao dizer que a obra contava com uma montanha de dinheiro que daria para fazer todos os seus caprichos, e ainda sobraria para resolver os problemas dos rios de norte a sul do Brasil – dez bilhões de dólares, dinheiro que sairia dos cofres públicos brasileiros e de fundos de investimentos estrangeiros.

Nos primeiros anos do projeto, Tião voltava para casa exultante, maravilhado. O governador o recebia pessoalmente no Palácio dos Bandeirantes toda vez que ele precisava de alguma coisa, os secretários o prestigiavam pública e reservadamente, o povo o reconhecia e pedia autógrafos e as solicitações de entrevistas eram tantas que às vezes ele tinha que organizar duas, três, quatro coletivas em uma única semana. Quando ia a restaurantes com a família, as pessoas o apontavam e faziam comentários: – Filho, está vendo aquele tio? Ele fará o nosso rio ser um dos mais lindos do mundo, igual ao Tâmisa e ao Sena.

2

Da sacada do seu apartamento, J. B. se divertia ao notar a estranha sincronia entre uma revoada de andorinhas e o som de um helicóptero que sobrevoava o Centro de São Paulo. As aves davam diversos rasantes seguidos sobre a região, pendendo para um lado ou para o outro, de acordo com a direção do vento e a sua vontade, sem jamais perder a graça, enquanto a aeronave galgava as nuvens com seu bico arrogante rumo ao interior.

Indiferentes à inveja que poderiam causar a um homem acostumado a roubar a cena para se exibir mais que qualquer outro ser vivo por perto, as andorinhas faziam suas acrobacias sobre o Consulado Geral da Itália.

Quando o sol começou a bater na sacada, Judite se aproximou e empurrou a cadeira de rodas com J. B. para dentro da sala de estar.

– Chega de sol por hoje, meu amor – disse ela.

Do lado de fora, se aproximava uma caminhonete com a carroceria aberta e uma caixa de som anunciando que os estudantes do Mackenzie recolhiam agasalhos para os pobres.

J. B. resmungou qualquer coisa sobre como era surpreendente que os estudantes ainda fossem capazes de distinguir as estações do ano.

– Sim, senhor, é verdade, muito verdade – disse Judite.

Ele esticava o pescoço na direção da rua, os dois olhos arregalados entre o pavor e a curiosidade. Ao vê-lo, Judite ria e balançava a cabeça.

J. B. seguia o discurso dos estudantes em busca de elucidar as próprias ideias, frustrando-se toda vez que se perdia no meio de um pensamento. – Vocês estão sentindo o cheiro? Estão sentindo o mesmo que eu? – disse ele.

Sem falar nada, Samara retirou a cadeira de rodas do meio do caminho e seguiu para a sacada com vários embrulhos de papel pardo estufados com roupas velhas. Com a ajuda de Judite, atirava os pacotes com força, mirando os três estudantes sobre a caçamba da caminhonete. Além deles, havia mais dois meninos com cara de coroinha pelas calçadas, defronte para as grades dos prédios.

– Aposto que esses veadinhos estão puxando fumo.

Tiago, o filho único de J. B., observava a movimentação de pé, recostado na parede onde estava o quadro de Flávio de Carvalho. Sua mãe era Marta Navarro, "a segunda", como J. B. passou a chamá-la após a separação (alguns anos mais tarde, o título aumentou e ela passou a ser "uma caipira que falava francês e chamava atenção pelo bigode chinês"). Como Samara, ele tinha passado anos, muitos anos, sem nenhum contato com J. B., de maneira que também era praticamente um desconhecido.

– Ô, meu Deus! – disse Judite, sem conter as gargalhadas. – Tiago, pense numa pessoa destrambelhada. – Abaixo da sacada, o porteiro recolhia as peças de roupa espalhadas sobre a grama do jardim e as palmeiras e passava aos estudantes por entre as grades. – Essa sou eu.

Diante das notícias a respeito do ressurgimento de J. B. como artista, Tiago tinha pensado ser prudente estar mais ou menos por perto. – Não esquenta a cabeça, prima. Só vou dar uma chegadinha pra ver como o pai está. – dissera ele para Samara. Pelo tom de voz e o teor da conversa, ela notou que ele não fazia ideia do que procurava. Estava apenas curioso, talvez um pouco atordoado, com medo de ser passado para trás. Foi só ao chegar em São Paulo, quando se deu conta do estado de saúde de J. B., que Tiago fez daquilo uma questão verdadeiramente importante.

Ao concluir seu MBA no Massachusetts Institute of Technology, despachou suas malas de Cambridge e partiu disposto a ver de perto a farra que invadira a vida do seu pai.

Ele era moreno, atarracado e cheio de marra. Falava inglês muito bem e por muito pouco não passava por um nativo. Não era de beber, porém podia passar a noite com o copo cheio de gelo derretido fingindo se divertir numa festa. Acontecia de ir para a cama com alguma estudante apenas quando uma oportunidade caía no seu colo. M-I-T era a sua senha. Paradoxalmente, a fonte das suas alegrias libidinosas era também um terrível poço de expectativas. Desde que fora para Cambridge, as três letras se tornaram indissociáveis da sua pessoa. Ninguém se referia ao seu nome sem dizer que sim, ele era o fulaninho do MIT. Tiago podia não comer ninguém, não ter um tostão furado, nem construir um plano de negócios digno de nota, mas em torno dele sempre havia uma aura especial que sinalizava sua capacidade para os grandes feitos financeiros. Isso o divertia no começo, quando ele ingressou no curso, mas com o tempo se tornara a origem de uma crise. Afinal, o tempo passava sem que nenhuma ideia exequível saísse da sua cabeça laureada. Essa pressão o exasperava. Um pouco antes do final do curso, ele fizera uma série de entrevistas em grandes corporações, mas ainda não tinha recebido nenhuma resposta. Quando sua mãe o procurou para falar do espólio de J. B., ele agarrou a oportunidade sem pensar muito. Era o que ele precisava.

No primeiro encontro entre os dois primos – que se já não eram muito próximos antes da ida de Samara para Nova York, depois disso se tornaram dois estranhos que carregavam o mesmo sangue –, falou-se com alguma cerimônia sobre as condições necessárias para que J. B. recebesse os cuidados e o conforto merecidos. Tiago perguntou *en passant* sobre a mudança de apartamento e a tela de Banksy. – E, ah, só mais uma coisa, também tem aquele sítio em Valinhos... – ele lembrara. Samara titubeou, fez-se de desentendida e por fim respondeu que "já fazia uns bons anos" que não se ocupava com outra coisa que não fosse o seu tio.

O problema era que, durante os últimos anos, a doce vida na Europa e, mais tarde, os gastos com a mobília comprada na Alameda Gabriel Monteiro da Silva, a tela de Banksy, o vaso Ming, as festas requintadas com equipe formada por governanta e garçons, além dos inconfessáveis caprichos de uma mulher solitária, tinham levado as finanças à beira do colapso.

O patrimônio acumulado por J.B. ao longo da vida e o milhão e meio de reais pago pelo Estado brasileiro já estavam perto do fim, de forma que a sua pensão logo seria a única fonte de receita da casa. O livro com as suas memórias não traria mais rendimentos no curto prazo, tamanho o volume dos adiantamentos que Samara tomara junto aos editores de J.B., e, na imprensa, suas crônicas eram publicadas cada vez mais esporadicamente. Era só uma questão de tempo até secar a fonte.

— Sozinha eu não faço nada — Samara dizia a Judite. — Viver nesta casa custa uma fábula. Vocês não fazem ideia. Ninguém faz ideia... Se não encontrarmos um jeito... não faz sentido manter essa gente toda.

Ela chegara a consultar um advogado para avaliar um novo processo contra o Estado, mas tinha sido aconselhada a não perder tempo.

— Quem tem mais dinheiro que eles?! E que diferença faria dar um pouco mais para compensar o mal que fizeram ao meu tio?

Os dias passavam e ela ficava cada vez mais furiosa.

— Bom, o que vocês esperam? Quer saber quanto eu gasto, Judite? Quer saber quanto custa encher a barriga dessa gente?...

Aos poucos sua casa ia perdendo a pompa, o que ficava cada vez mais explícito nas festas quinzenais de quarta-feira. O uísque e o vinho já não eram aquela maravilha, sem contar que o serviço, agora concentrado em Judite, começava mais tarde e terminava mais cedo. Garçons poliglotas, recitais e broches personalizados eram coisa do passado. E assim as visitas diminuíam paulatinamente.

Era preciso encontrar uma saída logo. Com as contas cada dia mais apertadas, ela sofria para diminuir a lista de convidados. Era um tal de corta, não corta, corta, não corta, ah, esse corta, mesmo?, mas e se os fofoqueiros decidirem falar por aí que J. B. está acabado?... Este era um risco que ela definitivamente não estava disposta a correr.

Samara chegara a ensaiar excluir o nome de Norberto Nogueira, o apresentador de um programa de esportes na tevê a cabo.

– Por que não? Corta logo – disse Judite. – Isso aí é um parasita.

– Não é simples assim – disse Samara.

– Seu tio nem sabe o nome dessa anta paralítica! Ele só passa aqui pra depois sair com aquele fotógrafo bonitão vinte anos mais moço. Se você tirar o nome dele ninguém vai sentir falta.

– Você não entende. O Norberto é amigo do diretor de jornalismo da emissora, o Bartolomeu, sabe?, aquele altão narigudo que aparece de vez em quando. E o Bartolomeu é do conselho editorial dos jornais do mesmo grupo, onde o J. B. publica os artigos dele.

Enquanto não tinha clareza sobre seu próximo passo, Samara optara por manter Tiago debaixo da sua asa, mas sabia que logo enfrentaria uma revolta. Falar em partilha dos bens, ou mesmo da pensão, estava fora dos seus planos, no entanto, para arrefecer os ânimos, ela tinha decidido fechar os olhos à selvageria que tomava conta do apartamento. Passadas algumas semanas desde que seu primo chegara, volta e meia sumia um livro de arte, um jogo de cristais ou um porta-retratos. Nas vezes em que tinha sido surpreendido por Judite com sacolas atulhadas de coisas, Tiago simplesmente comentara que aquilo pertencia à sua mãe.

Era verdade que ele fazia seu trabalho com eficiência, sem estardalhaço; e pouco importava que o fausto não fosse o mesmo de outros tempos: já estava gravada na sua memória a bonança de dois anos antes, quando até as histrionices de J.B. ecoavam nas colunas sociais. Irritar Samara não era seu alvo principal, mas nem por isso ele deixava de fazê-lo. Duas ou três vezes, a pretexto de testar os limites dela, Tiago apareceu de supetão numa quarta-feira de madrugada com duas ou três prostitutas que faziam ponto na Rua Bela Cintra. – É isso mesmo, prima, vamos começar tudo de novo. Por que não? E cadê a Judite?

Como costumava ocorrer nesses casos, Judite, o lado mais fraco da história, começou a sofrer com o atraso nos salários.

Uma ou duas vezes ao mês ela mandava uma mensagem de texto para Zeca pedindo ajuda. Cem, duzentos, trezentos reais. O dinheiro era para seu filho caçula. Ele tinha dezessete anos e acabara de ingressar em um curso de mecânica em Igaraí, mas não tinha dinheiro para o ônibus.

– O bichinho tem que estudar, Zeca. Minhas três meninas repetiram a minha história. Com ele eu preciso fazer diferente.

3

Nina pagara um preço alto para ter direito ao apartamento à margem do Tietê. Nos almoços de domingo com a família, fora preciso ouvir do seu pai diversas vezes as mesmas histórias sobre os ingazeiros, a extração de barro para cerâmica nas várzeas do Bom Retiro, a pesca com covos e cercos, exercícios de remos, regatas, banhos de paulistanos decentemente vestidos, veículos fluviais, mariscada na Penha e caranguejos no Belenzinho.

Da janela da sala, ela avistava o rio, a marginal e os prédios em construção do outro lado da cidade, "fora de Manhattan", como alguns amigos seus diziam. O trânsito atravessava as noites arranhando as janelas antirruídos compradas por Tião e instaladas por Helinho, seu braço direito.

O mau cheiro – a herança infecta, corrupta e sulfurosa transmitida de geração para geração havia muitas décadas – também estava sempre lá, e não havia tecnologia ou palavrão que o expulsasse.

Volta e meia Nina acompanhava o desespero de pessoas que desembarcavam nos canteiros internos da marginal e não tinham como atravessar para o outro lado, onde estavam os pontos de ônibus e táxi. Eram forasteiros que deixavam os ônibus aos trancos, atropelando quem estivesse na frente com suas malas, sonhos e crianças. Ao se dar conta, estavam diante do fluxo ininterrupto de carros, restando apenas seguir um passo débil pelos canteiros até começar o próximo congestionamento.

Antes de ir para a redação, Nina passava alguns minutos com Bento ao colo na sacada. De frente para o Tietê, Bento era apresentado à aventura humana e o seu progresso na forma de uma lava imunda e fedorenta, a antítese máxima da vida carregando a bagagem vil da qual todos queriam se livrar. Se aquilo já tinha sido pior um dia, era difícil de imaginar. Enfim, cálculo, concreto, piche, aço, plástico, vidro e tinta podiam ser tão edificantes quanto a lama. Aquilo eram as pessoas chegando e ocupando, chegando e ocupando, chegando e ocupando até o limite de não ter mais aonde chegar, com uma dúzia e meia de pistas desafiando os corajosos.

"Atreva-se a pôr o pé aqui e você vai ver o que acontece", era o que a cidade dizia aos não iniciados.

Os golpes de vento traziam para dentro da casa o tumulto, a fuligem e o vapor contaminado e putrefato. O céu era uma película densa, laminada, afugentando os olhos com seu brilho opaco. Esses ardiam irritados e sem lugar para ir que não fossem três ou quatro ipês, um amarelo e os outros lilás (o primeiro sempre brotando um pouco antes), plantados no canteiro ao lado de palmeiras desmaiadas. Enfrentando o poder do sol, ilhotas de grama reviviam o verde em um oceano chumbo.

Do outro lado do rio, fachadas de casas e prédios gritavam por socorro com câmeras, muros altos e cercas elétricas. Um Gato & Rato perpétuo e, por que não, dono de um certo glamour. Várzea, progresso, autodestruição, novo progresso. O concreto formando o amálgama da agonia. Todos inscreviam uma linha na história da construção do eterno amanhã. Sonho e fúria sem fim sob a mira de tubos e antenas prateados.

Diferentemente do que Zeca tinha temido, a vida doméstica não o paralisara. "Uma existência sem quintal, quem diria, hem, Zeca?", teria dito J. B. Sua família (uma multidão ensolarada, inquieta e dada a arroubos, formada de umas trinta pessoas) seguia se perguntando como ele podia trocar Ipanema pelo que batizaram de Zona do Cocô Mole. Zeca não sabia.

O que estivera claro desde o seu primeiro dia ali era que o sol ainda não tinha dado as caras e os caminhões já rompiam a barreira das janelas com seu ronco tonitruante. Bento era sempre o primeiro a acordar. Papai Zeca fingia sono pesado e, mentalmente, repassava a agenda do dia. Ele enrolava entre as cobertas mais ou menos até o horário em que Nina ia para o jornal, depois saltava da cama sem culpa, tomava uma ducha rápida, comia pão francês com manteiga tostado na frigideira e tomava café preto, se vestia para o trabalho e ficava esperando Benedita, a babá.

– Bom dia, Zeca.
– Bom dia, dona Benedita. Pegou muito trânsito?
– Três horas, meu filho. E de pé, porque aquele povo não respeita essa carcaça velha. Quando você chegar aos cinquenta você vai ver.
– Eu já disse que a senhora podia morar aqui. Seria melhor pra todos nós.
– Eu bem que queria, mas não posso. Tenho lá os meus meninos, sabe?... Não posso virar as costas, senão já viu... Nego se enfia numas roubadas por aí.
– Entendi... Mas não é justo, sempre é a senhora quem paga o pato – Benedita erguia a sobrancelha, cerrava os lábios e balançava a cabeça num sinal de que estava plenamente convencida da consciência social do seu patrão. Era um sinal que dizia: "Tudo bem, meu filho, eu sei que você se preocupa, mas nós já tivemos essa conversa na semana passada..."

Nessa hora Zeca entregava Bento ao seu colo fofo e quente e se fechava no escritório, onde iria trabalhar nas horas seguintes.

Numa sala espaçosa e aconchegante, com poltrona, divã e paredes tomadas por estantes empilhadas de livros, ele lançava seus feitiços inúteis na forma de palavras. Como um mago da família. Um classe média-alta esforçado e com algum talento para montar quebra-cabeças.

Uma força quase tão intensa quanto a sua preguiça o lembrava da importância de ser útil, de ter um projeto (no Rio de Janeiro se dizia que em São

Paulo, como não havia praia, todo mundo tinha mil projetos). O de Zeca era bastante difuso, uma profusão de fios soltos que formavam uma imagem incerta. Ora escrever um livro, ora investir na bolsa... Muita conversa para pouco resultado, dizia seu tio Felipe, sempre o convidando para aparecer em um dos seus cursos para roteiristas de novelas. A não ser pelo "muita conversa", ele estava coberto de razão. Por esse prisma, Bento tinha o mérito de encarnar uma saída honrosa antes mesmo de dominar a arte do sofisma e da dissimulação. Era o seu comparsa. Juntos, eles formavam o Reinado dos Apetites Insaciáveis. Enquanto Zeca escrevia no escritório, ele dava tudo de si para roubar a atenção de dona Benedita.

O dia se passava entre choros, buzinas e a música evangélica no radinho de pilha de dona Benedita. De vez em quando Zeca ia até o berço bolar um plano. Bento, obviamente, não concordava com a sua displicência e censurava-o à sua maneira, melecando as horas mais importantes do dia. Zeca, então, desafiava Homero, Conrad e Hemingway a produzir um parágrafo iluminado fora do território minado tal como eles o conheceram. Era preciso mais que o demônio das palavras com sua artilharia para escrever naquele apartamento. Queria ver se em vez de lanças, canhões e tanques eles tivessem que enfrentar o Tietê.

– E aí, como foi o seu dia hoje? – disse Zeca.
– Nada de mais. Passei o dia editando o material das agências sobre a morte do Paulo Autran – disse Nina. E como os dois gostavam muito dele em cena, olharam um para o outro com pesar. – O Jaime, como sempre, disse que era amigo dele e ficou de longe gritando datas erradas.
– E aquele orangotango alfabetizado? Essa não é a área dele?
– Sim, mas era muito trabalho para uma pessoa. Todo mundo entrou na dança.

– Sei...

– Mudando de assunto, eu já te contei que ele criava uma jiboia dentro do quarto?

– Não, mas toda vez que encontro seu pessoal alguém fala disso.

– Ela era enorme, mas menor do que eu pensei que fosse uma jiboia adulta. Ficava numa gaiola ao lado da cama dele. Às vezes ele colocava um passarinho lá dentro. Dava uma peninha... Os dois passavam semanas juntos na maior tranquilidade. O pobrezinho sabia que ia morrer, mas depois de um tempo parece que aceitava a própria desgraça.

– E a jiboia?

– Não dava a menor bola. Impressionante. Nem quando ele fazia cocô nela – ela disse, arrepiando-se dos pés à cabeça.

A reação de Zeca, como costumava ocorrer quando falavam de John John, era de curiosidade com aquele antigo relacionamento.

– Ué, ele tinha os seus atrativos – disse Nina.

– Foi mais uma das suas caridades, isso sim.

– Pode ser.

– Dizem que agora ele faz performance em festa. É verdade?

– Sim, ele vai todo paramentado de centurião ou Darth Vader. Quando vai de centurião, fica lá de barriga tanquinho de fora e botas de couro. Dizem que faz o maior sucesso com os gays.

– Eu imagino.

– ...

– No aniversário do Bento a gente pode chamá-lo para brincar com as crianças... Ele pode vir de Fred Flinstone pós-moderno.

Nina saía do jornal por volta das nove da noite e, embora soubesse de antemão que Bento estaria dormindo, sempre havia uma sombra de culpa e tristeza no seu rosto quando ela abria a porta, deixava sua bolsa sobre a mesa da sala de jantar, passava no lavabo para lavar as mãos e seguia na ponta dos pés até o seu quarto. Ao voltar, ela virava uma máquina de perguntas: Ele mamou? A que horas foi dormir? Benedita brincou com ele? Por que não atendeu o telefone quando ela ligou? Passou a pomada para assaduras? Ligou o radinho com música da igreja? Porque ela já tinha sido avisada que o Bento não devia ouvir aquele tipo de música. E as janelas deveriam ficar fechadas por causa dos pernilongos. Enquanto Tião não fechasse um contrato com a empresa que matava os insetos à margem do Tietê, as janelas não poderiam ser abertas. – Pode deixar... deixa comigo... deixa que eu vou levar um ar-condicionado para o meu neto – dissera ele.

4

No final do dia, quando J. B. ia dormir e Judite já estava no quarto assistindo à novela das nove, Samara se mandava para o escritório e lá varava a noite, atrás de algo que nem ela sabia o que era.

Durante horas ela abria gavetas e vasculhava arquivos com manuscritos, fotos e recortes de jornais, em seguida revirava livros, discos e um baú cheio de cartas e bilhetes, até que, depois de interpelar inclusive os porta-retratos, dava-se por vencida e acabava amaldiçoando os bibelôs como se fossem a própria encarnação do mal que investia contra ela.

Ora imaginava estar atrás de um atalho para levantar mais dinheiro, ora empreendia uma busca obstinada por um fragmento da vida que ela e o seu tio tinham compartilhado trinta anos antes. Samara precisava justificar para si mesma, mais do que para todos os outros, que não era um monstro arrivista e incapaz de ter brilho por meio de suas próprias conquistas. Acontece que sua capacidade de julgar os fatos esmorecia à medida que o tempo passava, de forma que suas esperanças soavam cada vez mais a despautério; algo também lhe dizia que o fim estava próximo, tão próximo que ela sentia seu hálito contaminado cercá-la por todos os lados.

Durante essas escavações no lugar onde J. B. costumava escrever e receber os amigos, ela também buscava indícios de que ele não era o herói de que todos falavam. O anarquista afiado e bom de briga devia ter deixado algum rabicho, ela pensava, enquanto fuçava os álbuns de fotos antigas. Não fazia sentido que aquela proeminência na forma de prestígio, dinheiro e amantes tivesse surgido de aptidão e nada mais. J. B. tinha a sua cota de maracutaias, como não?, afinal este era o sopro de vida por trás de todo talento brasileiro. Pôr tudo em pratos sujos

– esta era a única forma de perdoá-lo pelo passado; esta era a única forma de viver.

Às vezes Samara se cansava e, como um prêmio de consolação, deitava no sofá no qual seu tio recebia as visitas mais íntimas e enfiava a mão por debaixo da saia atrás de algum alívio. Ficava lá até cansar, já que raramente conseguia ter um orgasmo. Revolvia-se sem muito prazer, os dedos tensos e sem ternura, como num mero exercício para ter certeza de que ainda estava viva. O sofá de couro mugia sofrido, mal encobrindo o ronco de J. B., que a essa hora se instalava em cada canto da casa.

– Pra que tantos livros, Judite? Pra quê?

Embora a resposta parecesse óbvia até para ela, que nunca tivera livros em casa, a empregada condescendia sem dizer nada.

– Eu queria só ver se ele teria isso tudo se não fosse a herança do meu avô. Se não fosse a herança, se não fosse o patrimônio que ele trouxe da Inglaterra, eu queria ver se ele posaria de bonitão por tanto tempo.

Diante do consentimento irrestrito de Judite, Samara seguia sua linha de raciocínio. – Queria ver se tivesse partido do zero...

– Você tem razão, sabe?... Nunca tinha pensando nisso... Você tem razão. Trabalhar não é com o seu tio, não. É só ver o tanto que esse homem dorme. Jesus! Nunca vi alguém dormir tanto.

– Quando minha mãe estava viva eu perguntei milhares de vezes por que ele ganhou aquela bolada do governo, mas ela nunca soube me explicar direito. Esse país é uma zona!... Ninguém sabe me explicar nada!

Após a morte do pai de Samara por causa de um infarto, J. B. passara a dividir seu apartamento com ela e sua mãe. O trato era que elas ficariam com ele até poderem se sustentar e, em hipótese alguma, atrapalhariam a sua vida. A mãe de Samara respeitara o acordo e, durante quase cinco anos, não fizera mais que meia dúzia de comentários com a filha, nada que fosse além de "lá vai o seu tio atrás daquela gente que gosta de confusão". Samara tinha para si que seu tio era um herói. Sem dúvida ele estaria nas ruas atirando bombas na polícia ou sequestrando homens engravatados como faziam os guerrilheiros que ela via nas primeiras páginas dos jornais. Era disso, afinal, que eram feitos os grandes homens naquele tempo.

Agora, no sofá do escritório, ela juntava as peças (fotos e cartas e lembranças desbotadas com datas mais ou menos próximas), obcecada pela ideia de que seu tio nunca havia estado em nenhuma guerra. Estava, sim, enroscado com Marta Navarro, "a segunda", no seu sítio de Valinhos. E, não bastasse o mal que ele tinha feito para sua mãe, fora premiado por isso. Recebera dinheiro, glória e o nome cravado na História. Embora dentro de casa tivesse sido um crápula, ele era o herói do seu tempo. Enquanto o mundo estava de cabeça para baixo e sua mãe circulava pela casa feito sonâmbula, ele estava enfiado no meio do mato se lambuzando como se não houvesse amanhã. Não fazia ideia do que passava no país, mas todos que ouviam falar do seu sumiço achavam que ele estava nas cavernas da resistência traçando planos para virar o jogo.

Ali estava a superpresença que ela conhecia tão bem: J.B. fora como um pai distante, e fora precisamente essa distância que o colocara num patamar quase sagrado na sua vida.

Ao escrutinar o passado, às vezes Samara saía de si. Ela perdia o controle das mãos e sequer conseguia se concentrar para chamar Judite ao escritório; suas pernas mal tinham força para sustentá-la. Depois da crise de pânico, ela chorava e, ao mesmo tempo, sentia raiva de si mesma por ter se colocado naquela situação. Queria ir até a sala e, ao ver J.B. dormindo, soltar gargalhadas demoníacas que atravessassem a barreira do sono. Queria olhar para sua cara de almôndega sonolenta e mandá-lo tomar no cu, debochar, ignorar sua presença, ouvi-lo sem prestar atenção, encará-lo com desprezo e escarrar no chão antes que ele terminasse uma das suas histórias. Estava claro que ter o mesmo sangue estava longe de ser o bastante – a ligação entre eles mais parecia uma praga, uma punição.

A irmandade Brickman pouco ou nada se conhecia, separada desde sempre por uma neblina de ressentimentos.

Da apatia involuntária da infância, Samara e Tiago evoluíram para uma falsa cegueira que, mais tarde, explodiria as barreiras do bom senso e da fraternidade, metamorfose sentimental que traria anseio por reparação, sede de reconhecimento, fome de coisas e desejo de destruição.

Após sua ida para Nova York, Samara nunca quisera saber o que sucedeu ao seu primo. Quando pensava em Tiago, fugiam-lhe as palavras e, no seu lugar, formava-se um torvelinho de imagens repulsivas sem começo, meio e fim, meros despojos da memória. Não existia "o mesmo sangue" professado no mundo da gente de bom coração. Havia, sim, a lembrança de sua mãe aos prantos, atirando-se sobre o chão e beliscando o próprio corpo numa fúria incontida. Por trás de tudo, é claro, estava J. B.

Ao voltar de uma viagem para um festival de dança no Rio de Janeiro, ele passara em casa para pegar algumas roupas e "informar" que não moraria com elas. Simples assim: estava de partida. Sem brigas, acusações ou louças voando pelos cômodos; nada daquela sujeira de marido e mulher. Sem mais nem menos, ele tomaria outro caminho, longe da família com que vivera durante quatro anos e meio. Samara ficaria responsável pela sua mãe, ao que ela tinha consentido em silêncio numa das primeiras mostras do seu talento para a dissimulação. Tinha sete anos.

Desde então, ela passara a receber visitas esporádicas de J.B. numa casa que ficava em uma vila na rua Cristiano Viana, em Pinheiros, onde as duas morariam sozinhas nos próximos quinze anos.

Samara sabia que seu tio iria visitá-la sempre com meia hora de antecedência, pois era o tempo que ele levava entre telefonar do seu apartamento e abrir o portão avermelhado de alumínio da vila (a arritmia tomando o seu corpo numa marcha que só acalmava com a sua chegada).

Um dia ela acordou com a sensação de que havia mais alguém na sua cama. Seu tio estava sentado ao seu lado com olhos insones e desorientados. Samara estranhou que J.B. estivesse ali as 6h20 da manhã, antes de o seu despertador tocar, indicando a hora de se arrumar para a escola. Quando ela se espreguiçou e tentava articular uma pergunta, ele se adiantou e disse que seria pai de um menino. Sete meses mais tarde, sem mais nem menos, apareceu com Tiago. Estava feliz como ela jamais lembrava de tê-lo visto. E bêbado. Marta, a mãe do bebê, ficou esperando num Fusca verde abacate, no lado de fora da vila.

Quando se aproximou do seu primo, Samara se deu conta de que seu tio tinha saído em disparada na direção de sua casa. Ela correu atrás dele e, ao atravessar a porta da sala, ouviu os passos trôpegos e apressados escalando as escadas de madeira para o quarto da sua mãe. Ela chamou os dois em voz alta e, como nenhum deles respondeu, subiu a escada e esmurrou a porta do quarto onde tinham se trancado. Ninguém respondeu. Samara decidiu, então, ir ao encontro de Marta e contar o que tinha visto.

Marta tinha duas olheiras enormes e se desdobrava para prender o cabelo com um elástico cor-de-rosa e ninar Tiago ao mesmo tempo.

– Viu como o seu primo é lindo? O cabelo é da cor do seu.

– Vi. A cara dele parece uma ameixa amassada.

– Nos primeiros dias é assim mesmo – disse Marta, sem tirar os olhos do bebê. – Olha, você pode passar lá em casa pra me ajudar a dar banho nele? Dá um pouco de trabalho, mas é divertido.

– Obrigada, mas eu não quero.

– Você já viu um menino pelado?... – ela perguntou, tentando parecer íntima. – Aposto que não.

Aproximadamente cinco anos depois, Samara acordou com sua mãe sentada ao seu lado na cama.

– Seu tio vai ter outro filho com a Marta.

– E por que você está com essa cara?

– Eles não estão bem. A coisa lá está feia. Ele acha que não é uma boa hora para ter outro filho... Eu não falei nada porque eu... eu não tenho nada a ver com isso, mas, olha, acho que essa gravidez não vai longe não.

Na adolescência, Samara não sabia muito bem como lidar com os comentários que todos faziam quando ela dizia ser sobrinha de J. B. Seu tio então já era uma espécie de vaca sagrada, embora, na realidade, ela não soubesse muito bem quem ele era. Às vezes, ela tentava entender como era possível que todos tivessem o direito de amá-lo pelos sacrifícios que ele tinha feito, menos a sua família. Mesmo assim, no dia em que os alunos do colégio falavam sobre o trabalho dos seus pais, Samara esperava ansiosamente o momento em que diria com ar desdenhoso: "Meu pai escreve para o teatro". Ela quase não se aguentava de felicidade.

Quando sua mãe contou que J. B. estava exilado no Chile, ela também não sabia muito bem por quê, mas sentiu um orgulho por imaginar que ele fosse algo entre um santo e um espião no cumprimento de um dever sagrado. Quando ele escreveu uma peça com pseudônimo, ela explodiu de alegria silenciosa, pois não havia no mundo um pai mais legal que o dela. Nem nos filmes, nem nos livros. Era com um sentimento de profundo engajamento com as grandes causas da humanidade que ela silenciava completamente, assumindo seu papel de membro honorário na conspiração contra o sistema que ela sequer conhecia. Seu tio era um desconhecido, mas ao ouvir falar dele Samara se sentia importante, iluminada e portadora de alguma verdade – possivelmente, a Verdade dos artistas. Meu pai é um artista, ela pensava. Um artista.

5

J.B. há muito deixara de ser um assunto.

De vez em quando alguém falava algo sobre ele, mas Nina rapidamente encerrava o papo. Assim como Tião não podia tocar em Bento nos dias em que navegava pelo Tietê, o nome de J.B. era uma presença perniciosa a ser evitada naquela casa. A simples menção dessas duas letras carregava uma nódoa de despropósito, causando de imediato um mal-estar que contaminava qualquer outro assunto. E o silêncio, perfurada sua superfície delicada, revelava o quanto podia carregar de violência.

Passado o furor inicial da maternidade, Nina exibia uma altivez mais ou menos ensaiada, uma frágil fortificação do espírito que não escondia quanto do seu orgulho ficara para trás. Quando ela e Zeca voltaram a ter uma vida de casal, caída a noite e depois de duas garrafas de vinho, nua debaixo das cobertas, podia repisar os primórdios da sua história com o obituário e confessar que, abandonada pela mulher com quem tinha acabado de se casar e tomada de um vazio insuportável, apaixonara-se pela ideia de J.B. A ideia do homem que se reerguera inúmeras vezes. Era isto, muito mais do que suas peças, muito mais que qualquer outra coisa.

Zeca pensava nas noites que ela tinha passado em claro e temia o julgamento que faria de si mesma no dia em que estivesse fora do rebuliço da maternidade. Uma tormenta passaria pela sua vida, ele pensava com veleidades de chefe de família, e daí provavelmente viria o segundo filho. Mas e depois?

Embora não mantivessem mais contato, Zeca sabia que J.B. caminhava para o limbo; tornava-se uma múmia amada por milhares, mas ainda assim uma múmia. Com o passar dos anos, o chão iluminado que ele pisava tornara-se pedregoso, pontiagudo e áspero – uma estrada doida, onde caminhar era o mesmo que desfalecer. E já não havia tempo para a redenção. O solo escarpado daqueles dias era o último que ele pisaria.

Onde antes existia uma miríade de perguntas sem resposta, agora era ocupado pelo espaço o alarido do choro de Bento, o leitinho, o carrinho, a pomadinha, grunhidos altamente significativos e carregados de tanto calor humano que às vezes não havia o que fazer senão chorar de desespero. Nina ligava três, quatro vezes para saber como tinha sido o dia do seu bebê e, quando não era atendida, ficava agoniada – nos primeiros meses, quando ia ao supermercado ou à depilação, não largava o celular nem por um instante sequer. Em meio a tudo isso, J.B. parecia não existir.

Quando alguém tocava no assunto, ela desconversava, dava de ombros, resmungava qualquer coisa sobre ter alimentado planos demais, mas logo subia Bento ao colo e cheirava uma fralda suja.

– Zeca, por favor, traz a malinha do Bento – dizia Nina.

– O que você quer? Eu desfiz a mala para a Benedita limpar.

– Dentro dela... no bolso de fora ficou o biscoito de polvilho.

– Oito do quê? O que que tem oito?

– Isso! Traz ele pra mim.

Apesar de todos os esforços, Zeca sabia que – assim como o miasma do rio, os zumbidos dos pernilongos e a cacofonia dos carros – o nome de J.B. escalaria as vigas do seu prédio simplesmente porque não havia como evitá-lo. Era a sua capivara amarrada no centro da sala.

E assim a vida seguia. Fechado no escritório, Zeca testava as suas teorias ao gosto da irritação de cada dia. Se antes de sair para o *Diário*, Nina desandava a reclamar da infindável dívida dos homens para com as mulheres, ele podia salpicar suas explicações sobre aquele caso com motivos de ódio, inveja e resignação – o tormento de ter tocado algo superior e de repente se ver despencando na corrente de águas rasas, turvas e modorrentas do cotidiano. Lá vai ela, pensava Zeca, sem nada para esgarçar o seu corpo ou preencher sua alma. Restava *aquilo*.

O preço para se viver naquele apartamento diminuía quando Tião aparecia de surpresa para dar uma espiada no seu neto.

Ele contara para Zeca que pensava em escrever um livro contando os pormenores das agruras que enfrentara na vida sertaneja. Não era possível que seus filhos seguissem feito pedra ao saber que o atual Almirante do Tietê já implorara a deus e ao diabo por um pouco de água e comida, ele dizia. Era muita insensibilidade, muita dureza de espírito. Se houvesse alguém com direito de fazer vista grossa para o que quer que fosse, este alguém era ele, o maltratado pela natureza, o seviciado pelo sistema, o explorado pelo homem. Ele sim, podia olhar para os outros com desprezo, dar pontapés por aí, mandar todos para o inferno. Não eles, os filhos, que sempre tinham estado debaixo de um teto decente, haviam recebido boa educação e contavam com luxos cujo valor desconheciam.

Incompleto sem o reconhecimento de Nina e Pedro, o caçula, às vezes ele balançava. Uma noite, quando dirigia sua Pajero sozinho pela margem do rio, depois de tomar algumas doses de uísque no escritório, Tião chorara compulsivamente. Diante do reflexo das palmeiras jerivá que havia mandado plantar e que, na altura do Terminal Tietê, se refletiam sobre a água carrancuda e lamacenta do rio, ele ligara para sua filha. Não saíram mais que grunhidos incompreensíveis. Quando sentiu que um grito de desespero ia tomar a sua garganta, ele desligou.

Ao entrar para a família, Zeca se tornara seu confidente após os almoços de domingo. A intimidade fora imediata. Tião bebia todas e depois se esparramava em histórias durante horas a fio. Agora, no apartamento que havia dado para a filha e, principalmente, sem que ela estivesse por perto, o laço com o genro se alçava a um novo patamar.

No meio da tarde, depois da terceira ou quarta rodada de Black Label, Tião invariavelmente voltava ao seu rancor com os filhos, sobretudo Nina, já que Pedro vivia em Londres há quatro anos.

– Sabe, Zeca, eu vejo os pretos agora: todo mundo empregado, com papel na novela, fazendo política. Até parece que todo mundo quer ser preto agora... Neguinho deixa os cabelo pixaim crescer igual a um apocalipse do mau gosto, usa as roupas coloridas que combinam com o azulão da pele, umas correntes de ouro... E é a mesma coisa com as bichas: agora elas estão em todas: casam, adotam crianças e vão pra Brasília caçar os direitos de quem não é bicha que nem eles!... Tem um pessoal que diz que daqui a pouco todo mundo vai ser como eles, todo mundo vai sentar... e com a molecada nem se fala!, a veadagem corre solta e parece que pega até mal não dar pelo menos umas esfregadas.

De tempos em tempos, ele dava uma talagada de uísque caubói.

– "O mundo é gay", ouvi dizer outro dia na rua, ou foi a pichação de algum marginal, já nem lembro mais... Mas o que não sai da minha cabeça é que agora todo mundo quer ser preto ou veado e eu fico pensando quando é que isso vai acontecer com o nordestino, porque tem um ou outro numa posição importante e ganhando dinheiro, mas quase nenhum fazendo moda por aí. Pode ver, faz uma pesquisa na internet, ninguém diz "Eu-sou-nordestino", como se diz "Eu-sou-preto" ou "Eu-sou-veado", ninguém, não sei por que, no fundo é tudo a mesma merda. Tudo fodido.

Na falta de melhor reação, Zeca apenas ouvia. Ficava sem palavras, entre a náusea e o deslumbramento, com a mesma sensação que tivera aos doze anos ao folhear *Diário de um ladrão* na seção de livros do Carrefour.

– "O Sebastião, meu pai, ah, é sim, ele casou com minha mãe quando eu era adolescente... Brigamos muito, ele é um tacanho, grosso como todo nordestino, ficamos anos sem olhar um para a cara do outro. Eu sou assim, a rainha do pedaço, quando ele queria me agradar, se aproximar de mim, eu dizia, não, sai daqui, seu jegue fedorento! Quem precisa de você? Não vem nem perto de mim com essa pata grossa e esses dentes de cavalo, sai daqui, xô!, que nada dá mais nojo que saber que a minha mãe dá a boceta pra você..." E teve aquele dia, já faz tempo, em que todo mundo rachou de rir, a mãe dela veio com o cafezinho e eu fiz todo mundo rir: "É hora de terminar a festa porque aqui nesta casa se trepa!", "Ah!, mas que grosseria, como pode ser assim?, deve ter saído do chiqueiro, da zona ou do esgoto de alguma favela fodida..." Eu penso nisso e fico louco!

Sem contar nada para Nina, Zeca aumentou a provisão de Black Label e passou a recebê-lo pelo menos duas vezes por semana. Enfim surgira alguém que falava a língua dos acontecimentos, ele pensou.

Depois da terceira ou quarta dose, Tião começava a jorrar toda a sua raiva contra os filhos. Era a sua vingança secreta contra o mundo.

– E tem aqueles caras lá que morreram com o Hitler... Outro dia eu vi que mataram milhões, junto tinha cigano, preto, mulher, papagaio, criança, velho, gente que chegava em casa do trabalho e tinha que pegar o trem pra morrer. Qual era mesmo o nome desses caras? Os judeus! Pronto, lembrei!... foram milhões de mortos, e dizem que o Hitler fora do trabalho era outra coisa, cuidava dos cachorros, não fumava, não bebia, era outra coisa... mas essa gente se fodeu tanto que aprendeu a lição e hoje tem a terra que é só deles, lá onde Jesus nasceu... presta atenção, esses caras se foderam tanto, mas tanto, que o mundo inteiro ficou sabendo, toda hora se fala disso na televisão, daí aparece aquele povo pedindo comida com uma cumbuca para o alemãozão de uniforme, junto tem as crianças, os velhinhos, e todo mundo vestido em farrapos, com uns olhos de fome de dar dó. Esses cabras sofreram que nem o diabo na cruz, depois os americanos foram lá e salvaram todo mundo, e a história que a gente ouve todo-santo-dia é que não sei quantos milhões de pretos, assassinos, estupradores, judeus e estrangeiros foram para a cova, e está certo!, porque assim nunca mais o mundo esquece disso. E para a senhora que é a princesa da cidade grande eu pergunto por que é que a gente não faz o mesmo? Mais de três milhões de nordestinos morreram por causa das secas. Onde é que isso saiu na imprensa, dona jornalista? Por que nós não somos notícia e esse outro bando de fodidos que a gente nem conhece direito tem todo dia duas, três páginas nos jornais? Em vez de ficar aí, posando de rainha da carne-seca, ela devia contar essa história, e não fazer de conta que essa merda toda não tem nada a ver com ela!...

6

Judite continuava no apartamento de J. B.

Encontrava-se naquele limbo entre o medo e a fidelidade, onde o trabalho deixava de ser o exercício de uma função para ser um sacerdócio, às vezes pago com um salário mínimo. Zeca insistia que ela fosse atrás de outro emprego, de preferência um que pagasse em dia, mas ela já tinha montado um labirinto com teto, pão, água e eletrônicos para si mesma.

– Daqui a pouco eles vendem alguma coisa e acertam comigo.

Diante do silêncio de Zeca, que era a sua forma de dizer quanto havia de plausível naquela dedução, ela prosseguia, cada vez mais nervosa.

– Não faz essa cara! Se eu pedir as contas agora, perco todo o dinheiro – disse ela, sem dirigir os olhos para ele. – E eu já engoli tanto desaforo mesmo, não custa esperar só mais um pouco.

Zeca tentava explicar que, se os salários estavam atrasados, era pouco provável que seu fundo de garantia estivesse sendo depositado. Suas férias e o 13º deviam tomar o mesmo rumo, mas Judite era uma otimista incurável, dessas que não veem ou não acreditam que o mal está se aproximando. Quando ele insistia que aquilo era um risco desnecessário – essencialmente, uma loucura –, ela fugia, mudava de assunto e fazia fofocas sobre a vida de J. B. Era um golpe baixo e, como todo golpe baixo proferido contra um homem, ele funcionava.

– A doidinha e o J. B. se mudaram para o sítio em Valinhos.

Os dois iam sozinhos e ficavam cada vez mais tempo por lá, ela contara. Com isso, as festas passariam a acontecer com menos frequência, quando eles estivessem em São Paulo.

Samara agora dizia que a cidade tornara-se intragável, a verdadeira cloaca do mundo. Não era possível viver em São Paulo. Aos curiosos com a mudança repentina, afirmava que J. B. se enfastiara daquela vida caótica e cinzenta e pedira para mudar para o seu sítio no interior. – Aquilo sim era viver em paz – ela dizia. Havia tempo para jogar conversa fora, não existia congestionamento e o céu era de um azul que ela não imaginava que ainda existisse. No mais, era o lugar ideal para J. B. terminar suas memórias, aguardadas há tempos. Eles estavam amando aquilo tudo, Judite repetia.

A decisão de mudar para o sítio tinha ocorrido de madrugada.

– Enquanto ela arrumava as malas, eu dava um jeito no homem. Acordei ele e pus um casaco por cima do pijama. Não aguentava ver as coisas acontecerem daquele jeito... uma hora não deu, comecei a chorar.

Sem Tiago em casa, elas fizeram duas malas grandes, carregaram o carro, desceram J. B. na cadeira de rodas e pegaram a estrada para Valinhos. Em poucos minutos, estavam na marginal Tietê, a caminho da rodovia dos Bandeirantes e, mais adiante, da Anhanguera.

Às duas horas da manhã, as ruas estavam repletas de carros. Os painéis luminosos dos motéis e postos de gasolina coloriam o terror das vias sujas que acessavam as entradas e saídas da cidade. A Bandeirantes estava mais calma e, margeada por pequenos montes enegrecidos, antecipava a chegada de uma vida nova. O carro seguiu a 120 quilômetros por hora no asfalto uniforme e previsível, não havia buzinas, mexericos nem sanguessugas. Samara permaneceu calada o caminho todo. Do banco do passageiro, Judite olhava para trás de vez em quando para ver se estava tudo certo com J. B.

Era uma noite sem estrelas que injetava até os ossos a friaca úmida de um dia inteiro de garoa paulistana. O asfalto ainda estava molhado, fazendo com que poucos motoristas se arriscassem a avançar muito além do limite de velocidade indicado por placas com alertas para os radares eletrônicos. Samara dirigia como um autômato, as mãos hirtas sobre o volante e os olhos derrotados na estrada. Às vezes, um carro ou um caminhão jorrava água no para-brisa ao fazer a ultrapassagem, mas ela não esboçava nenhuma reação, fosse para ligar o limpador do vidro ou se distanciar.

– Chegou uma hora em que não dava pra ver nada, daí eu mesma liguei o limpador do para-brisa. A branquela nem mexeu os olhos.

Na direção contrária, a caminho de São Paulo, carretas com faróis potentes seguiam com o abastecimento da cidade. Judite lembrava de ter passado pela Bandeirantes duas vezes, e, para ela, assim como Higienópolis, a estrada tinha qualquer coisa que a arrepiava, com carros importados em alta velocidade, pedágios eletrônicos e sinalização por todos os lados. E apenas uma favela, logo na saída da cidade.

Ao entrar na Anhanguera, os três seguiram em silêncio por Jundiaí e Louveira. Passadas as entradas sem charme dessas cidades e as fábricas que as sucediam, com seus prédios cercados de carros populares, Samara tomou por engano a alça de acesso a Vinhedo, uma entre centenas de cidadezinhas do interior de São Paulo habitada por descendentes de italianos e portugueses. Na chegada, uma réplica de fonte romana com meia dúzia de estátuas dava as boas-vindas. Daí em diante se seguia por uma pista com três faixas, onde se viam os primeiros sinais de vida local.

Jardins bem cuidados, com pinheiros e grama aparados, coloriam o canteiro coabitado por câmeras de segurança e radares. No alto dos morros que margeavam a pista, cercas eletrificadas e muros de três metros protegiam condomínios como o Marambaia, onde viviam os endinheirados da cidade, muitos dos quais trabalhavam em São Paulo. De dentro do carro, Judite avistava apenas algumas luzes acesas e, aqui e ali, aparelhos de televisão ligados. Pouco adiante, tonéis de vinho e cachos de uva artificiais enfeitavam um pórtico ladeado por duas guaritas com janelas de vidro voltadas para quem chegava pela Anhanguera.

Samara reduzia a velocidade sobre as lombadas (ou tartarugas, como alguns diziam ali) e Judite espiava J. B., tomando todo o cuidado para não ser notada, pois não queria ser o alvo de um novo rompante da patroa. No banco de trás, a respiração rascante indicava que ele estava apagado.

– Na hora de descer do carro, eu sabia que ia ser um deus nos acuda colocar o homem de volta na cadeira de rodas.

Ao sair da estrada da Boiada, ainda na entrada da cidade, eles tomaram uma via de terra mal iluminada e deserta. Havia um capinzal alto dos dois lados e porteiras encimadas por placas de madeira envernizada que traziam o nome dos sítios. Não existia nenhuma sinalização indicando a direção de Valinhos ou um retorno, mas Samara parecia localizada.

Quando o carro se aproximava de uma via asfaltada e ladeada por postes de luz, um vira-lata malhado saltou do matagal do lado direito determinado a atravessar a rua de terra. Samara freou bruscamente para não atropelá-lo, fazendo com que J. B. balançasse como um joão-bobo. Pouco depois elas encontraram uma placa para Valinhos.

Já diante do portão do sítio, Samara apenas entregou o molho de chaves para Judite. Ao cessar o barulho do pneu sobre os pedregulhos, começaram a surgir o coachar, o estrilo e o latido da vida no mato. Vindo de um galpão em construção a uns cem metros de onde eles estavam, o alerta dos cachorros ecoava alguns tons acima dos outros. Embora estivessem a apenas uma hora de São Paulo, ao abrir a porta

Judite percebeu que o ar era mais leve e muitíssimo familiar, sobretudo por causa do odor fresco de esterco de boi. O céu fechado mergulhava num breu sereno de meio-luto.

Os galhos maiores de uma mangueira saltavam sobre o portão. O chão estava cheio de mangas, muitas delas apodrecidas e cobertas de bosta. Ao se aproximar, Judite pisou numa delas e por pouco não caiu, agarrando-se com força à grade enferrujada do portão.

Sob a luz do farol do carro, ela viu um caminho de cascalho descer na direção do que parecia ser a sede. Com sua mão firme e áspera, tirou as teias de aranha por entre as grades e seguiu o caminho da corrente de ferro até encontrar o cadeado. Quando virou a chave e sentiu o gatilho metálico se abrir, ficou paralisada por segundos que pareceram se estender gelidamente para além daquele tempo. Sentiu o quase silêncio e se perguntou se teria tomado parte de algum crime. Ela não tinha dúvida de que sim. Apesar disso, mantivera-se calada, pensando no que deveria fazer. No outro dia acordaria logo cedo e tomaria um ônibus de volta para São Paulo.

– Eu estava lisa. Tive que ficar uma semana. A casa não tinha luz nem telefone e a coisa só não ficou pior porque o tempo virou no outro dia.

– E como estava a casa? – disse Zeca.

– Tinha sido coberta pelo matagal, coisa que nem na Bahia, com o relaxo daquela gente, eu tinha visto acontecer. De vez em quando passava um fulaninho para dar uma olhada em tudo, recolher as contas e limpar as porcarias que os casais deixavam pra trás. Era um lugar perdido no meio do nada, com um casarão antigo cheio de quinquilharias. Para botar ordem naquela bagunça, trabalhei sem parar a semana inteira. Começava de manhãzinha, com o galo cacarejando, e só parava quando começava a escurecer. Mesmo com as velas, não dava pra ver muita coisa. Foi assim durante três dias, até religarem a energia, daí a tontona aqui ralava até dez da noite. E sem ganhar nada.

– E a Samara?

– A pancada não abria a boca, estava com a cabeça na lua. Se eu não falasse que tinha que comer ela me deixava passar o dia inteiro trabalhando. Seu J. B. ficava no quarto, não saía de lá. E eu também não ia até ele. A última vez que vi o homem foi quando a gente desceu ele do carro e passou para a cadeira de rodas. O coitado já estava com a cara inchada de sono, mas ficou gemendo, nervoso, porque não gostava de ser carregado.

Sentada no divã do escritório, enquanto contava suas histórias, Judite exalava o cheiro de uma colônia barata que embrulhava o estômago de Zeca. De um jeito que ela não percebesse, ele mostrava interesse na sua história fazendo o possível para manter a maior distância possível.

– Vou ficar aqui na poltrona porque estou gripado, senão você também vai ficar doente.

7

Zeca e Nina tinham dois casais de amigos mais próximos, ambos formados por colegas de Nina dos tempos da faculdade de Jornalismo na Cásper Líbero. Eles estavam na fase dos trinta e poucos anos e faziam o impossível para não faltar àquelas horas embriagadas, em que se falava muita abobrinha e se discutia qual o próximo passo agora que haviam assentado as primeiras conquistas importantes da vida adulta.

Quando eles estavam juntos Nina exercia uma liderança que, quase sempre, era natural e (também com muita frequência) encontrava resistência apenas em Manuela, mulher de Jorge, que todos chamavam de Joca. Os dois eram sócios de uma pequena empresa de relações públicas que atendia produtoras de cinema e companhias de teatro.

Nina e Manuela se adoravam e tinham a mesma opinião sobre boa parte dos assuntos importantes, porém, como eram competitivas e irremediavelmente atrevidas, pareciam discordar em quase tudo. Sobre Joca, Zeca dizia não conhecer alguém mais sensível à discórdia. Toda vez que se rebatia algo que ele havia dito, seu semblante se voltava para dentro, como um caramujo triste e resignado, até que Manuela fosse resgatá-lo no seu inferninho lúgubre. A maior frustração dele era não ser jornalista esportivo e ter de aguentar o ramerrame dos artistas que os contratavam. Obviamente ele não tinha jeito para atender clientes – esta era a área de Manuela. A Joca cabia escrever os press releases e ajudar na criação das estratégias de comunicação para os clientes.

Ao chegarem no apartamento de Zeca e Nina, todos seguiram ruidosamente para a ampla sacada. Como se ter uma vista panorâmica de um rio morto fosse um privilégio, resmungava Zeca. Enquanto eles ainda suspiravam uns para os outros, ele recolhia as bolsas e colocava as bebidas trazidas para resfriar no frigobar ou na geladeira.

– Que bom que vocês chegaram – disse Nina. – O Zeca quer ajudar, mas faz tantas perguntas que acaba atrapalhando.

Numa prova para si mesma de que estava voltando a ter uma vida própria depois do nascimento de Bento, Nina tinha preparado o jantar. Era risoto de limão-siciliano com filé à milanesa, uma receita que ela tinha copiado de um restaurante de Pinheiros sem se lembrar que o grupo estivera lá há pouco tempo e algumas pessoas (ao menos, os homens) tinham pedido exatamente aquele prato, o mais popular da casa. Por causa da correria, ela sentia o rosto pelando. Não estava nervosa, apenas ansiosa e cansada com o trabalho de cozinhar e pôr Bento para dormir antes que todos chegassem.

Lídia e Paulo formavam o outro casal. Eles sempre chegavam mais cedo a esse tipo de encontro, pois tinham dois ou três compromissos na mesma noite. Os dois estavam juntos há quase dez anos, embora, pouco depois da faculdade, Lídia tivesse largado Paulo para passar uma temporada em Barcelona. A história que ela contava para quase todo mundo era que estava estudando espanhol e trabalhando como garçonete, mas Nina e Manoela (e, era muito provável, Paulo) sabiam que na verdade ela estava tomando ácido loucamente e transando com uma frequência que desafiava os melhores períodos da faculdade. Apesar disso, Lídia era a mais quieta e reservada das três, e nisso baseava o seu charme.

Paulo era formado em jornalismo, mas logo depois da faculdade fizera uma pós-graduação em finanças na Fundação Getulio Vargas. Em pouco tempo, ele tinha sido contratado por uma consultoria empresarial e passara a ganhar mais que todos os seus amigos jornalistas. Era divertido, ótimo papo e raramente falava de dinheiro. Lídia fazia *freelances* e podia escolher os trabalhos que aceitava (geralmente relacionados à moda), passando boa parte do dia praticando ioga e em tratamentos estéticos.

– Você deveria fazer pelo menos uma aula com a gente, Didi – disse Manoela, já instalada na sala de estar enquanto os anfitriões corriam atrapalhados para arrumar a mesa. – A professora é incrível e tem várias alunas descoordenadas como eu, que nunca dançaram balé.

– É verdade! – gritou Nina, do outro extremo da sala. – Do jeito que você é flexível, ia colocar todo mundo no chinelo.

Além de cozinhar, o balé tinha se mostrado uma ocupação providencial para Nina. Fora mais uma ideia de Zeca para tirá-la de casa. Na realidade, pode-se dizer que fora uma exigência. Uma daquelas que um homem acha que precisa fazer só uma vez para deixar claro que está se aproximando do seu limite. O alerta havia sido dado: – Ou você arranja alguma coisa pra fazer que não seja ficar dando ordens aqui em casa ou eu acho que a gente não vai muito longe com essa porcaria.

Era um passo mais rápido e firme do que Nina imaginava que ele seria capaz de dar, por isso ela pensou duas vezes e obedeceu.

Pouco depois, Nina falava a todos na mesa sobre como era fundamental encontrar um espaço para si mesma, fora de casa e das preocupações com o trabalho no *Diário*. Podia ser verdade. Dito por ela de forma tão eloquente, parecia fazer todo o sentido. Mas Zeca não se sentia satisfeito. Em vez disso, a rápida capitulação de Nina tinha desencadeado um novo tipo de mal-estar, que ele não sabia explicar. Às terças e quintas, quando deixava a redação e seguia para a escola de dança em Perdizes, Nina sempre recebia uma ligação malcriada.

– Fazia tempo que eu queria voltar a vestir o collant e as sapatilhas – disse Nina enquanto terminava de colocar os talheres.

– E o coque dela é impecável. Não tem nenhum tão bonito na sala.

– Nisso eu sempre fui boa mesmo. – Nina falava sem olhar para Zeca e quase se desculpando, como se estivesse se referindo aos atributos manuais de um ex-namorado com quem um dia pensara que fosse casar.

– Vocês duas deviam chamar a gente para uma apresentação de dança – disse Zeca. Depois de tomar muita bronca de Nina, ele continuava a se referir às duas como "dançarinas". – Na verdade, eu exijo isso, já que sou eu quem fica com o Bento enquanto vocês se divertem.

– Sinto dizer, mas a única coisa que o pai pode exigir é a escolha do time de futebol – disse Joca. – Isso se a mãe não for torcedora.

– Tudo bem. Então vamos dizer que seria educado essas duas senhoras nos convidarem. Você não acha?

– Um dia... – disse Joca. – Quem sabe um dia.

– Se é que pode ser uma boa ideia vocês trombarem com aqueles caras enormes e sem camisa agarrando as duas. Já pensou? – disse Paulo.

– Uh!, enorme e sem camisa – provocou Lídia. – Parece que quem está perdendo aqui sou eu.

Nina dizia que depois de duas ou três aulas estava totalmente ambientada. Seu alongamento estava longe do que ela atingira na adolescência, quando chegara a dançar no festival de Joinville, e sua cintura ainda carregava uns quilos a mais, mas ela seguia fazendo as aulas por acreditar que aquilo seria bom para o seu casamento. Diferentemente do que acontecia no passado, quando o trabalho como doula, o kuduro ou o sexo com outras mulheres abriam as portas à Força Maior, agora ela usava uma palavra que detestava. Dançar era um *hobby*.

Zeca sentia que, desde a gravidez, Nina tinha se tornado uma matraca estridente e invasiva que desejava engoli-lo. Também parecia que ela tinha assumido ser uma pessoa sem filtro, que despejava todos os seus pensamentos sobre os outros. Em alguns momentos, ele se via como uma extensão da sua consciência, portanto incapaz de evitar suas incontinências verbais.

Como ele acreditava ouvir sua voz o tempo todo, imaginava que, em jantares como aquele, mais cedo ou mais tarde ela daria o fora da noite. Ou então faria uma confissão ultraembaraçosa. Algo como contar que, depois de uma noite de bebedeira, em um daqueles momentos de lascívia potencializada pelo álcool, os dois tinham transado no sofá em meio a sugestões de mil baixarias com os amigos. Aqueles amigos.

Nina dizia que sempre tinha sido assim. Mais que isso: este era um dos atrativos que Zeca tinha enxergado nela no início.

Com o passar do tempo, o que era um dos seus charmes passou a ser visto por ele como uma manifestação patética da sua carência. Após a chegada de Bento, Zeca concluiu que sua língua solta era, na verdade, uma estratégia muito inteligente para chamar a atenção e fazer com que todos formassem uma plateia sempre disponível para ouvir o que ela dizia. Não bastava ocupar os pensamentos de Zeca – ela queria mais.

Nina não seria ela mesma se não pudesse envolver a todos com a história de algo extraordinário no qual estava envolvida. O tal projeto, naquela fase da vida, seria Bento. Por mais que ela amasse a ideia de ter um filho, ela não era o tipo de mulher que se dava por convencida e satisfeita com isso para sempre. O balé, ao que tudo indicava, era um capricho que não duraria muito tempo.

Diante disso, não chegou a ser uma surpresa a cara de espanto que ela fez ao ouvir o comentário aparentemente despretensioso de Manoela.

– E o seu amigo, hem? Será que não cansa de chamar a atenção?

– Manu, passa a azeitona, por favor – pediu Paulo.

– Que amigo? Eu não sei do que você está falando – disse Nina.

– Ué, do J. B. – Por mais que tentasse evitar, Manoela não conseguia disfarçar o prazer que era contar aquilo em primeira mão.

– Dizem que ele está trabalhando numa nova peça.

– Mas esse cara ainda está vivo? – perguntou Paulo com desdém.

– Opa, vivíssimo. Ele mora com a sobrinha em um sítio em Valinhos, perto de Campinas. Dizem que se cansou de São Paulo – disse Manuela, ao que todos consentiram e complementaram com críticas à cidade.

– Eu duvido – disse Nina.

– Bom, não sei pra que inventariam uma história dessas. As pessoas que me contaram sabiam até sobre o que é a peça.

Diante disso, todos na mesa fizeram silêncio.

Nina fuzilou Zeca com os olhos. Embora há tempos eles raramente falassem sobre J. B., ela imaginava que ele tinha informações sobre o seu estado de saúde e, portanto, devia pôr os pingos nos is.

– É inspirada nos últimos anos do Goya na Quinta del Sordo, a casa onde ele morreu e deixou as *Pinturas Negras* – disse Manuela.

Nina então franziu os olhos, diminuiu o ritmo da respiração e balançou suavemente a cabeça. Era um movimento instintivo que surgia sempre que ela queria ajudar um entrevistado a se empenhar um pouco mais.

– Parece que essa fase terminal do Goya é uma das mais produtivas.

– Mas como isso é possível, se até outro dia ele estava gagá e andando de cadeira de rodas? – perguntou Nina, com um tom mais cuidadoso e interessado. – A pessoa que te contou isso é confiável?

– Sim, totalmente. Bom, eu não devia te dizer, mas como eu sei que não vai sair daqui... Foi o Carlos, o assessor que cuida das nossas contas de teatro. Alguém disse pra ele que esse era um projeto antigo do J.B.

O filé à milanesa estava delicioso, todos disseram. Já o risoto não foi tão elogiado, possivelmente porque Nina tinha exagerado no sal e esquecido de comprar parmesão. A sobremesa era uma torta de limão que ela comprara no supermercado e não era grande coisa, mas satisfazia o desejo das três por doces depois do jantar, sobretudo no fim de semana. Zeca, Paulo e Joca continuaram enchendo a cara como sempre.

Toda vez que os seis se encontravam, respirava-se um ar rico em possibilidades. De repente, tudo parecia possível. Manu e Joca falavam em ampliar a equipe e, quem sabe, passar a atender também algumas galerias de arte da Vila Madalena. Se os planos dessem certo, logo eles teriam que sair do escritório diminuto em um prédio na Vila Leopoldina. As opções eram um sobrado na Vila Romana (o que seria uma aposta alternativa mesmo para os clientes alternativos) ou uma casa no miolo de Pinheiros, onde ficavam vários dos clientes antigos e, possivelmente, futuros.

Com Paulo e Didi não era muito diferente. Quer dizer, o caminho deles era outro. Um sustentava as colunas da casa e outro se dedicava aos prazeres da vida. Mas, no fim das contas, eles também se orgulhavam das suas conquistas e sabiam que muito mais viria pela frente. Quando algum deles perguntava a quantas ia o seu trabalho, Paulo lembrava que era sócio minoritário na consultoria, mas que se seguisse angariando novos clientes entre os fazendeiros de cana da região de Ribeirão Preto, logo atingiria um novo patamar na hierarquia da empresa. Didi podia parecer pouco ambiciosa, mas enquanto escutava as ideias dos outros ia desenhando seu plano para deixar o jornalismo de vez e montar sua própria escola de ioga.

Tudo aquilo parecia possível. Era possível.

Ninguém falava sobre isso (talvez fosse perda de tempo), mas havia a sensação de se experimentar um momento especial na história do Brasil. Seus pais e seus avós não sabiam como era viver daquele jeito. Não por um período tão longo. Quando queriam se vangloriar, eles falavam que, na década de 1960, houvera algo parecido com Kubitschek no poder. Naquela época falava-se na modernização do país e na construção de Brasília, havia o entusiasmo com a indústria automotiva e o charme da bossa nova e do cinema novo. Mas logo essa página foi virada e o país voltou a funcionar como o promissor laboratório da estupidez humana. O de sempre, dizia-se.

Isso fazia com que, aos mais velhos, Nina e seus amigos parecessem viver dentro de uma bolha de caprichos e privilégios. Afinal, todos ali tinham inaugurado uma nova linhagem em suas famílias ao experimentar o poder de dizer não a um monte de trabalhos indignos, massacrantes, sujos, bovinos ou mal pagos a ponto de estarem na fronteira da escravidão. Não bastasse isso, eles estudavam, viajavam, tinham planos. Eles tinham ideias. E as ideias se transformavam em projetos que depois se tornavam reais.

Ao escutar seus amigos falarem, Nina torcia para ninguém perguntar o que ela e Zeca andavam fazendo. Embora a liberdade fosse vivenciada por todos do grupo, ela sabia que eles os viam como tipos mais exóticos.

Enquanto todos buscavam construir algo concreto que pudesse alimentar, entreter ou até oferecer alguma paz de espírito, lá estava ela, tentando puxar a cortina de mundinhos estranhos e desconhecidos. Se Nina se mantivesse em um terreno seguro e familiar, comentando o vestido desta ou daquela amiga em uma festa, ou então desancando o novo livro de um colega, não sobrava para ninguém. Ela seria encantadora a noite toda. Agora, se fosse para o terreno onde deixara J. B., aí estaria exagerando nos trancos e barrancos da vida. Talvez por isso, desde os tempos do obituário, ela evitava dividir suas angústias com as amigas. Nas conversas com elas, limitava-se às fofocas do trabalho, às descobertas de Bento e a um ou outro comentário sobre seu casamento.

Depois de passar um café e fumar um cigarro escondido, Nina disse ter escutado o choro de Bento e seguiu para a suíte. Lá ficou uns cinco minutos sozinha, penteando o cabelo de frente para o espelho.

Aquela noite sua cabeça não tinha saído do lugar.

Goya. Quinta del Sordo. *Pinturas Negras*.

8

Nas noites frescas da primavera, Samara levava J. B. para fora da sede na cadeira de rodas, depois voltava para a sala para assistir a uma novela no aparelho de tevê que devia estar lá desde a sua adolescência.

– Agora é a hora da minha novela – ela dizia para si mesma, enquanto o conduzia pelo desnível na passagem da sala para a varanda.

J. B. ficava sobre o gramado recém-aparado, de costas para o terraço de cerâmica vermelha onde havia uma rede de tear e mesas rodeadas de cadeiras de vime com almofadas de motivos do campo. Ao seu lado direito ficava a garagem coberta, que após a faxina feita por Judite seguia atulhada de sacos de aniagem com bugigangas para vender ou jogar fora. Sobre o seu colo, ela deixava uma manta velha com figuras abstratas, um caderno, uma caneta e a biografia de Goya escrita por Robert Hughes.

Aquela não era a melhor vista do sítio. Na verdade, dali não se tinha nenhuma visão do horizonte, pois logo à frente havia o declive coberto de cascalho que levava ao portão principal. Margeando a entrada, entre touceiras que ainda não tinham sido podadas, havia uma parede falsa de palmeiras plantadas há muitas décadas pela extensão da cerca de arame, e a mangueira que despontava para fora, fazendo sombra sobre a rua durante parte do dia. Para dar mais vida ao terraço, Samara fora à floricultura do cemitério São João Batista, a mais próxima do sítio, e comprou dois vasos de orquídea, três de sapatinho e um de comigo-ninguém-pode.

J. B. não era de se enlevar com céus estrelados e silêncios bucólicos. Nas primeiras semanas, a sensação de estar isolado no meio do mato o deixara vigilante. O lugar fedia a esterco (se era de boi, cavalo ou jegue, ele não sabia) e tinha um quê de acampamento de filme de terror, mas ele preferia guardar sua opinião para si. No máximo deixava escapar um comentário sarcástico sobre a vida no campo: – Quer dizer que as vacas não gostam de ficar sozinhas?... – ele perguntava a Roberson, o caseiro que deveria tomar conta do sítio. – Então está certo.

O estrilo dos grilos o enervava, mas podia virar uma companhia, ou um parâmetro da sua existência quando ele achava estar sozinho (morto, talvez?) e se encolhia todo ao intuir um estranho ruído vindo da garagem.

Sua vontade era ficar dentro de casa assistindo à novela ou qualquer outra coisa que passasse na televisão até pegar no sono, mas faltava-lhe coragem para dizê-lo a Samara. O medo físico não era uma novidade, embora talvez nem coubesse falar em medo: seria mais apropriado falar em precaução. Precaução motivada por culpa, esgotamento e necessidade.

Numa manhã úmida e ensolarada, ao acordar, J. B. se sentiu esquisito e um tanto desconfortável, como se tivesse sonhado estar sem roupa diante de estranhos. Era uma ereção. A primeira, em muitos meses.

J. B. não tinha uma relação sexual há coisa de três anos. Sua última fase verdadeiramente ativa tinha sido em Portugal, quando ele morava no Janelas Verdes e tinha um caso com uma portuguesa de trinta e poucos anos que estava escrevendo uma tese de doutorado sobre o seu trabalho.

Àquela altura, chegar ao êxtase sem o estímulo de pílulas coloridas requeria um estado de espírito que ficava mais ou menos escondido entre o relaxamento calculado e a atenção aos menores sinais do corpo, além, é claro, de muita disposição ao risco. Para que isso fosse possível, existia um ritual a ser cumprido. Ele deveria estar bem disposto, não exagerar no uísque e não investir em invencionices. O segredo estava em fazer o básico. Um tempo para brincadeiras preliminares, alguma sacanagem cochichada ao pé do ouvido e o uso inteligente dos dedos e da língua, até finalmente ter condições de se encaminhar para um desfecho que fosse digno.

Não era fácil, mas surpreendentemente vinha funcionando. Das quatro vezes que ele e Miriam foram para a cama, três tinham sido satisfatórias (a quarta, que na verdade fora a segunda, tinha terminado quando ele sentiu uma leve dor no braço esquerdo; era um alarme falso).

J. B. se sentou à mesa do sítio para tomar café da manhã e, uma vez mais, relembrou o gostinho de uma oportunidade perdida.

Em cima de um galo d'Angola de madeira que servia de enfeite sobre a mesa e agora estava em um canto dentro de uma fruteira, havia um chapéu Panamá. Ainda não eram sete horas da manhã e o sol já despontava lá fora. Enquanto deixava a bengala de lado e encontrava uma posição confortável na cadeira, J. B. sentiu que, naquele pedaço de mundo, o tempo e o silêncio pareciam finalmente caminhar de mãos dadas. Ele sorriu e pôs o chapéu para fazer uma graça para si mesmo. Aquela devia ser a primeira vez na vida que ele usava um chapéu de palha.

Se Samara ou Roberson aparecessem, ele pensou, cantaria um trecho de *Passarim* usando uma banana como microfone.

Durante boa parte do café da manhã, J. B. tentou se esquivar da recordação da visita que Samara fizera para ele anos antes, em Lisboa. Ele vinha fazendo isso desde o primeiro momento. Alocar o indesejável da vida tão longe quanto possível, deixá-lo lá, pois de nada serviria a um homem velho e incapacitado. Mas, com a lembrança ainda quente de uma ereção desperdiçada, sua memória ganhava vida própria.

Judite aparecia no sítio às quartas-feiras e ficava até o fim de semana. Na segunda-feira, partia para a casa de outra cliente de Higienópolis, onde fazia faxina

e cuidava das roupas para garantir algum dinheiro. Seu salário estava atrasado fazia dois meses e Samara não falava no assunto, limitando-se a autorizá-la a procurar outro trabalho durante parte da semana.
– Com o Roberson aqui pra me ajudar, eu não vou precisar de você todos os dias – ela dissera. – E eu não gosto de ver gente sem fazer nada... Veja lá em São Paulo alguma coisa pra você fazer alguns dias.

Pouco depois, Samara lhe entregou um pedaço de papel pardo com o número de telefone de uma tal Olga. E como Judite ficou olhando pra ela sem saber do que se tratava, Samara explodiu: – Que é, minha filha?! Está achando que eu vou lá vender seu trabalho?

No caminho de volta ao sítio, ao se aproximar do pedágio da rodovia Anhanguera em Valinhos, Judite se adiantava para perto do motorista do ônibus com sua mochila velha e encardida de nylon cor-de-rosa com estampa da Hello Kitty. Ela queria ter certeza de que não perderia o ponto de desembarque, como tinha acontecido da primeira vez, quando teve que caminhar mais de três horas pelo acostamento ao lado de caminhões a cem quilômetros por hora, até encontrar a trilha para a estrada de terra do Vale Verde. O motorista, "aquele morfético filho de uma égua de cabeça chata", tinha esquecido de avisá-la qual era o ponto onde ela deveria descer, deixando-a pouco depois dos limites com Campinas.

Passada aquela primeira experiência, sempre que o ônibus saía da marginal Tietê para acessar a Bandeirantes, logo após as pontes e os viadutos do Cebolão, Judite sentia que precisava ir ao banheiro. Estava com dor de barriga. Ela poderia usar o cubículo nos fundos do ônibus, porém, não bastasse a vergonha, havia o pânico de deixar passar o ponto de novo. Ao descer, ela caminhava suada e com as pernas retesadas, sem conseguir pensar em nada. Um dia não aguentou e foi pedir para usar o banheiro ao segurança de uma das fábricas ali perto.

Nos dias normais, ao chegar no sítio, ela seguia direto para o casebre contíguo à garagem e saía de lá outra pessoa. Algumas horas mais tarde, mergulhava em uma rotina massacrante, dividindo-se entre varrer e esfregar o chão, tirar o pó, lavar e passar a roupa, cozinhar, levar o lixo para fora, fazer compras na mercearia e dar um pouco de atenção a J.B.

Judite se via como uma mulher extrovertida, livre, divertida. Ao pensar na família e nos amigos em Iguaí, no interior da Bahia, desejava que guardassem a lembrança de uma mulher alegre com um sorrisão de dentes brancos impecáveis no rosto, exatamente como ela aparecia numa foto mandada por correio para seu filho. Também pensava que pudesse inspirar os outros como alguém que foi buscar uma vida melhor. Uma batalhadora.

Apesar de todas as dificuldades, nada naquele trabalho a exasperava a ponto de fazê-la se arrepender de ter ido embora de Iguaí. Acima dos seus esforços, existia um senso de propósito, algo como o sentimento de vitória ao deixar o fim do mundo, que já era mais que suficiente. Entre a seca, a fome, a morte por facada, o estupro à luz do dia, o lugar-comum do desemprego – o torpor infinito e sangrento do semiárido – e as barbaridades cometidas por Samara, ela não tinha dúvida de que lado ficar.

Tudo parecia aceitável. As humilhações, a labuta interminável, a falta de qualquer perspectiva de futuro. Até os atrasos de salário. Quando o dinheiro deixou de aparecer sobre a mesa da cozinha no dia dez, ela achou estranho, mas não perguntou nada. Era uma fase; gente como os Brickman não ficava pobre. Eles tinham boas e más fases, e aquela era apenas uma das más. Seu maior medo era não ter onde dormir, ser despejada da noite para o dia, como muitas de suas amigas que trabalhavam em casas de família na Bahia. Se ela tivesse onde ficar e o que comer já estaria tudo certo.

Quando esperava o ônibus na plataforma 33 do Terminal Tietê, ela chegava a se sentir comovida com "aquela oportunidade". Apesar de tudo, pensava, Samara tinha se preocupado com ela. O telefone anotado no papel do saco de pão mostrava que era geniosa, sim, mas tinha coração. Passados dois meses, jamais tinha falado em dar um pé na sua bunda. "Eles são como uma família pra mim", Judite tinha dito numa conversa por telefone com a sua mãe alguns meses antes. Era assim que se sentia.

Daí que, num primeiro momento, ela não soube como reagir ao encontrar J. B. chorando sobre a mesa do café da manhã. Ele lacrimejava baixinho, encolhido, diminuto, como se não quisesse ser visto.

– Ela não podia... ela não podia... não devia...

Judite ficou paralisada por alguns segundos, sem saber o que fazer. Falou algo como "Ô, meu Deus!" e tentou acudi-lo. A primeira coisa que fez, sem saber por quê, foi tirar o chapéu Panamá.

– Mas o que houve? Meu Jesus! Homem, diz alguma coisa! O que foi que aconteceu pro senhor estar assim? – ela disse, enquanto tentava pegá-lo pelos ombros e erguer o seu rosto.

– ... jamais poderia ter feito aquilo... não podia...

– Quer um pouco de água com açúcar?

– ... não podia...

– Eu vou chamar um médico! Cadê a Samara?

– É minha sobrinha!... sobrinha...

Judite saiu gritando pela casa, mas não encontrou ninguém. Quando voltou para a cozinha, Roberson entrou afobado.

– Pelo amor de Deus, Judite, por que você está gritando desse jeito?

– É o seu J. B. Acho que ele está tendo um troço.

Ele também não entendeu a causa da crise de J. B., mas ao menos teve uma reação mais prática. Sugeriu que os dois o carregassem até o sofá da sala, que ficava mais perto da cozinha do que o seu quarto.

– Não tem carro pra levá-lo ao hospital.

– Mas e se acontece alguma coisa?
– A dona Samara não ia gostar que a gente chamasse a ambulância.

Os dois decidiram acalmá-lo com um copo de água com açúcar. Depois esperaram. Samara só voltou à tarde; tinha ido fazer um *peeling*.

9

– Vai lá, vai lá que eu quero ver... quero ver segurar o cabo da enxada! Isso eu pagava pra ver!... O cabra não aguenta um dia. Se tiver sol, então, há!, aí não segura as pontas nem metade do dia. Nego pede arrego. Eu sei porque lá em casa era assim. Qualquer coisinha de nada e o filho da puta ficava arriado e saía dizendo: "Ah, pelo amor de Deus, me acode!, me tira daqui que eu não dou conta". É claro que não dá! Agora ninguém põe a mão na sujeira. Ninguém quer mostrar de onde veio... O bom é mostrar pra onde vai. "Ai, agora eu vou pra Miami. Vou comprar o enxoval lá que é muito barato. Vou com as crianças pra Orlando, lá tem castelo, palhaço, cavalo alado movido a controle remoto, chuva de estrelas cadentes, fadas com vestidos de fios de ouro, piscinas com doces e brinquedos... Lá tem a puta que pariu! E quando eu voltar, vou entupir a sua paciência com minhas histórias e fotos dessa maravilha de lugar. Vou te contar tintim por tintim o que eu fiz nas férias".

– Eu sei, não é mole, Tião.

– Mas de onde ela veio? Ah, isso não é coisa que se pergunte. "Aquela vida não era vida. Isso eu não digo, não. Eu só posso dizer que sou filha de nordestino, mas eu estou aqui há tanto tempo que, olha, olha pra mim: nem pareço pernambucana, alagoano, cearense vindo do fim do mundo, olha como eu me visto, sou paulistano até com uma rola enfiada no rabo, não tenho sotaque, nem sei onde ficam essas cidades no meio do nada, onde não chove nem venta, onde a visita só aparece se for pra receber herança. Olha pra mim!, como eu uso os talheres direitinho, sem fazer barulhos nem arrotar na cara dos outros, uso guardanapo, sei chamar o garçom, desbancar um sommelier, dá licença que eu sou o cara e não um comedor de cacto que esfrega a cara numa poça cheia de água suja. Eu sou um cara de respeito, uma cidadã de São Paulo!, a capital do dinheiro nesse mundo novo, e não um Zé Ruela que lambe a bota de qualquer autoridade e fica uma semana chacoalhando num pau de arara pra fugir do inferno..."

– Mas Tião, me diz uma coisa.

– "Não tenho nada a ver com essa gente feia e amaldiçoada que não sai do buraco, eu sou o cara, falo outras línguas, sei trepar em não sei quantos idiomas, torro o saco da polícia porque sei que ninguém vai me prender, não sou um filho da puta de cabeça chata com medo até da sombra, não sou um irmão do jegue que só por uma fortuna anatômica acabou ficando por cima, eu ando de carro 4 × 4, com *air bag* e câmbio automático, eu sei buzinar, dizer barbaridades quando um corno apronta comigo. Eu tenho porte, posso não ter lastro, mas porte eu tenho!" A bichinha é alta, sardenta, tem cabelo castanho claro graças ao lado da avó que descende dos holandeses, aquele povo maravilhoso de nariz fino e arrebitado, dela ninguém fala que é da terrinha. Ninguém nem sonha! Só quando aparece o pai é que fica na cara, "mas eu sou outra coisa, até no cheiro se você parar pra pensar, até no som que eu solto na respiração, no jeito como falo 'alô' no telefone ou tiro a minha calcinha do meio da bunda... olha pra mim!, olha direito, olha o quanto pensar de mim desde que não saibam de onde eu venho... E não me venha com essa de assumir raízes porque essa raiz é podre, eu não tenho nada com isso. O quê? Se eu tenho essa força dentro de mim? Nem fodendo, nem no último dos meus dias, nem com o garfo do capeta enfiado no rabo, eu não quero força porra nenhuma, que força o quê!, me tira dessa, eu quero é ganhar o mundo, fazer um monte de coisas notáveis, criar movimentos sociais nos mundos distantes de mim, encontrar a beleza das coisas simples e dizer que eu sou um caminho para pessoas mais sábias que eu darem o seu melhor". Você pensa o quê? Eu sou um velho fodido, mas eu também tenho história.

– Pois é, Tião – disse Zeca, como sempre desnorteado.

– Pode ficar aí posando de gostosona, porque eu sei quem ela é, de onde vem e quem são seus avós, pra mim vai continuar sendo a filhinha da mamãe sem coragem pra aceitar que nós todos saímos desse esgoto!...

Nina nunca pisara na balsa que navegava pelo Tietê. Quando Zeca a sondava sobre o assunto, ela alegava falta de tempo – primeiro havia o trabalho no *Diário* e, mais tarde, Bento. Não fosse isso, curiosamente, Tião jamais a convidara para um daqueles passeios semanais. Dona Maria, sua mãe, tinha uma opinião muito clara sobre isso: – Você não sabe a sorte que tem por não ter que escutar as explicações científicas do seu pai sobre os hábitos alimentares das capivaras. – Dependendo do dia, ela se arriscava a imitá-lo, dizendo que roedores comiam o que outros animais desprezam, por isso eram essenciais ao ecossistema.

– Me diz se eu posso com uma coisa dessas.

Nina, a bem da verdade, não fazia a mínima questão de tomar parte naquela história. O pensamento de Raskólnikov ao reencontrar sua mãe e sua irmã após três anos – "Na ausência, parece, eu as amava" – lhe soava muito familiar quando ela pensava a respeito de Tião.

Aquele sentimento com relação ao seu pai era a um só tempo estranho e natural; na realidade, Nina só se deparava com o estranho muito raramente, e logo lhe dava as costas. No mais, o que sentia parecia absolutamente fiel ao que tinha que ser. – O amor desigual, como geralmente é o amor entre pais e filhos – dizia dona Maria a Tião, que não se conformava com o tratamento que recebia da filha.

Olhar para aquele rio era sua maneira de amá-lo, e ela o fazia sem culpa. Margeando o Rio Tietê, Nina pensava em Tião e se perguntava: Afinal, que tipo de homem ele era?

Saíra de São Bento do Una, nos confins de Pernambuco, e ganhara a Cidade. Tinha uma história dura, de batalhas, e havia alcançado o feito de superar uma tragédia dura e seca, daquelas que fazem um ser humano sentir o diabo lambendo suas entranhas. Seu ímpeto de sobrevivência fora real, salvara-o e o tornara um homem forte. Mas e daí?, perguntava-se Nina. Onde estavam os sinais de que disso ele fora catapultado ao nível dos seres humanos extraordinários, ou mesmo ao nível dos bons?

No conjunto, Tião era um homem feio, deselegante, tinhoso até. Tinha tez amarelada dos tempos em que era crestada pelo sol, crânio proeminente contrastando sobre um corpo atarracado – o peso desigual de um ex-desnutrido – e cabelos parcialmente encanecidos e desgrenhados, que recebiam alguma disciplina dos produtos comprados pela mãe de Nina. O dorso musculoso, moldado por sacas de batata e tomate carregadas às costas nos tempos de São Bento do Una, era como uma caixa de fósforos sobre os dois gambitos (desproporcionalidade que o obrigava a comprar paletós um número superior ao da calça).

Empertigado na dúzia e meia de retratos que o cercavam sobre a sua cadeira de couro presidencial, Tião tinha o semblante da Vitória. Fosse estudada a genealogia daquela força, descobririam que ele era a evolução do sertanejo descrito por Euclides da Cunha. Era forte, contudo liberto do peso opressivo da religião e da miséria quase absoluta. A urgência do ser semiprimitivo criado entre pastos e canaviais crescera paulatinamente, levara-o à vadiagem, aos biscates e – no que seria o seu nascimento para a civilização – às máquinas.

Já em São Paulo, descobriu-se resistente, duro como a terra que o expulsara, e tirou proveito disso. Trabalhava como operário em uma fábrica de piche para asfalto. Eram dez, doze, catorze horas por dia suando em bicas, desafiando o próprio corpo. O sindicato fora consequência, e passara-se longo tempo até que compreendesse a lógica da contestação. Após tantos anos de luta, como seria capaz de botar o dedo em riste contra o patrão? Como seria capaz? Que asneira era aquela?, pensava, ainda sob o sol imaginário que volta e meia ressurgia candente sobre sua cabeça.

Por fim, a voz dos acólitos foi mais forte e, antes que optasse pelo próprio caminho, estava ao lado de Lula falando em defesa dos interesses dos operários. Tinha um sorriso generoso e talento para passar pelos palanques como um raio que anuncia de forma breve e acachapante exatamente o que a plateia deseja escutar. Desde o início, não importava que negociador estivesse diante dele – havia sempre uma autoconfiança, uma inclinação natural para a palavra certa, no momento certo, que eram capazes de balançar o mais preparado dos patrões. Diante deles, era como se Tião dissesse para si mesmo: "Esse é o poder que eu exerço sobre as palavras, e vocês não!". Com isso, ele construiu uma figura pública de poder retumbante, que logo se transpôs para fora do ambiente sindical.

Na primeira eleição para deputado estadual, perdera para outro sindicalista, o também operário Jamil Moussa, que recebera votação maciça da comunidade árabe que vivia no Brás. Mas Tião já era então um nome tão expressivo na política de São Paulo que, assim que descansou as bandeiras, bateram-lhe na porta do sindicato:

– Tião, meu velho, você e eu somos da mesma cepa. Gente do povo. Eu tenho o mesmo que você aí dentro – dissera seu oponente Jamil Moussa, tocando-lhe o peito. – Depois de tanto tempo, essa é a nossa chance de mudar este país... Nós vamos botar a mão nesta merda e mudar a História!... E se um cabra como você me apoiar, esquecendo tudo o que aconteceu nos últimos meses, eu vou ficar muito honrado. Vou... de chorar – disse o velho, já lacrimejando.

10

Zeca estava há quase três anos em São Paulo e seguia se considerando um recém-chegado. Ao avistar as calçadas de pedras portuguesas com a forma do mapa do estado de São Paulo ele pensava que, para onde quer que fosse, a vidinha provinciana seguiria seus passos.

Da escrivaninha, acompanhava um prédio em construção na vizinhança e tentava codificar os dizeres de um grafite encoberto por uma trepadeira em formação sobre um muro claro. Andaimes, torres de ferro e homens pendurados dançavam nas frestas da sua desatenção. Mais adiante, avistava o rio, ipês, palmeiras, primaveras e chorões à sua margem, o curso constante de carros, motos e caminhões, escavadeiras estacionadas nas proximidades do monstro de lama, as lojas de eletrodomésticos, hotéis, armazéns e as dúzias de novos prédios em construção (sentado na poltrona de leitura, podia acompanhar a evolução das obras em três estágios: as quase prontas, cuja estrutura externa era coberta com uma rede cor de cimento molhado, as iniciadas há poucos meses, onde guindastes amarelos apontavam para o céu, e as crateras abertas nas terras antes ocupadas por casas). Outdoors com propagandas das obras faziam sombra no canteiro que servia de refúgio aos operários de uniforme chumbo com listras laranja fluorescente e botinas sujas. As vias da marginal eram recapeadas desde sempre – caminhões da prefeitura, máquinas de piche e rolos compressores chegavam à noite com a massa preta e tóxica que seis meses depois estaria disforme e pedindo uma nova reforma. Depois de engolir o rio, a cidade era engolida pela imensa jazida em que ele se transformara. Mas a vida precisava seguir, havia ondas de gente a fim de tomar parte naquilo que Tião chamava de o "progresso civilizatório de São Paulo".

Os desenhos nas calçadas tinham planos geométricos simples e, vistos do alto, também podiam parecer séries de origamis emulando apenas duas pontas de um cata-vento. Zeca olhava para aquelas formas e via, sobretudo, suas pontas: "Vá, meu filho, faça alguma coisa, mexa-se!, aqui é o lugar de se construir, não de ficar parado assistindo à passagem do tempo". Era mais ou menos o mesmo que sentia ao avistar o Cebolão vindo do interior, diante do obelisco pontiagudo que fustigava os ânimos dos forasteiros. "Vamos, dê aí uma cambalhota! Agora!". E logo adiante haveria o rio infeliz e a polifonia de tubos metálicos.

Vislumbrando a cidade que havia encontrado, Zeca se lembrava de uma lenda sobre uma visita de Faulkner ao Brasil em 1954, alguns anos depois de receber o Prêmio Nobel. Em São Paulo, como parte de uma comitiva de escritores dos Estados Unidos, e com litros de álcool estourando nas veias, ele teria estranhado o que viu ao abrir a janela no hotel Esplanada: – *What hell I'm doing in Chicago*?

Observando o rio e a cidade que se expandira das suas margens, Zeca pensava que naquele tempo uma miragem alcoólica talvez fosse possível. Passados mais de cinquenta anos, diante do que se via de qualquer janela, nem mesmo um bêbado faria tal confusão. Nem mesmo Faulkner.

Enquanto Bento brincava sobre o tapete da sala, Zeca buscava entender o que o levara àquele momento da sua vida. Por que viver em São Paulo, abandonar Samara, casar-se pela segunda vez, ter um filho e escrever? Depois de três anos, ele não podia mais dizer que estava fugindo. Talvez ainda estivesse atrás de escrever sua história, desenhar uma identidade que um dia o fizesse pensar que aquilo valera a pena, já que Mônica, seus pais e o banco há muito tinham deixado de fazê-lo por ele. Mas fugindo ele não estava, e nisso consistia uma das suas poucas certezas.

No início, o circo de J. B. era tudo o que ele precisava, com sua profusão de gente fazendo seus números, gente querendo ver e ser vista e que não estava nem aí para ele, mas fingia se importar por causa do seu tio e da sua proximidade com Samara. Mas e depois? O que o fizera dar o passo seguinte e abandonar aquela vida? Ou tudo se resumia ao curto espasmo trazido pelo sexo com Nina?

Zeca analisava os últimos anos nos seus pormenores mais significantes, perscrutava cada canto escuro atrás de uma resposta. Às vezes se perdia no que parecia ser um mero exercício de autoanálise; às vezes, também se cansava. Vivia desde não se sabe quando repetindo as mesmas perguntas e, além de obter respostas insatisfatórias, fazia muito pouco com o que conseguia. Sim, pensava, era uma alma muitíssimo provinciana. Rio de Janeiro, Chicago e São Paulo não haviam lhe incutido o ímpeto de olhar adiante dos pés. Ao fim de cada dia, a necessidade de revirar as miudezas do passado ainda era maior que tudo e simplesmente não havia meios de evitá-la – mesmo que o seu motor fosse o inútil prazer de enxergar o que havia por trás das maquinações de sempre.

Ao passar as tardes com Tião, Zeca finalmente pôde entender um pouco melhor o que se passava no mundo de Nina.

Ela era a primeira geração nascida fora da miséria. E como o primeiro membro da família a submergir do mundo de privações, vergonha, semiescravidão e conformismo, às vezes questionava algumas das suas escolhas, como se não fosse merecedora de tamanha liberdade. Pairava sobre o seu julgamento (o julgamento que ela fazia de si) uma voz da consciência que dizia ser um tanto descabido atirar-se à vida daquele jeito. Sexo com outras mulheres, voluntariado, experiências na África – um universo que nem sempre estava de acordo com aquilo que esperavam de uma pessoa *que tinha tido uma oportunidade.*

Mas Nina fora muito esperta e, sem que os seus se dessem conta, tinha posto numa prateleira imaginária uma a uma as expectativas que depositavam sobre ela. Jamais jogava o que quer que fosse no lixo. Portanto, toda vez que dona Maria ou Tião cobravam fidelidade às suas raízes, ela tinha ao seu alcance um rico estoque de histórias edificantes para ajudá-la a sair do imbróglio sem magoar ninguém.

Fora de casa, Nina fazia o que estava ao seu alcance para evitar qualquer discussão sobre as suas origens. Havia, acima de tudo, um constrangimento em ser apontada e vista como um quadro cujas molduras extravagantes gritavam: "Aí está uma sobrevivente!". Ou então: "É difícil imaginar o que essa gente fez para chegar aqui. Você não faz ideia."

Desde que Tião garantira um novo patamar de vida à família, Nina sofria por se sentir desconfortável diante da imutabilidade de alguns comportamentos, como a maneira tacanha com que sua mãe concatenava as ideias, e das novidades, entre elas as gravatas supercoloridas de seu pai, além do modo como todos se portavam à mesa. Tudo passara a ser encarado por ela como uma ofensa involuntária a qualquer tentativa de beleza e delicadeza. Beleza e delicadeza que, à sua maneira, ela encontrara nas carícias de outras mulheres, nas maternidades e em Angola. E como sua aparência em nada a associava ao passado, Nina podia ser vista como mais uma alma cosmopolita à deriva, e não um esqueleto metido no meio de farrapos em pleno sertão, como seus antepassados. Cedo ela tinha entendido que, no século XXI, o salto social podia se dar por assimilação, por isso, desde a adolescência incorporara o novo leque de perspectivas, o privilégio da escolha profissional, o enfado com a realidade e, este seu momento atual, a busca por uma resposta ou uma solução que não existia.

Antes de conhecer Zeca, a resposta parecia estar a caminho na vida a dois e no projeto de ter um filho. Com o término precoce do seu casamento, o tédio e a ânsia por algum sentido tinham retomado o seu lugar. Aquela seria a primeira vez que Nina se sentira incapaz de combater o imenso monstro à espreita. Nenhuma das formas de entretenimento que ela explorara no seu passado recente tinha o que ela procurava, tampouco estender a mão ao outro tirava o peso das suas costas.

Em São Paulo, um lugar onde todos os mais ou menos bem de vida diziam ter o seu "projeto", uma ocupação com uma causa, mesmo que disparatada, para se elevar à mesquinhez do simples trabalho, ela sentia renovar a miséria com as cores da cidade grande. Respirava o mesmo ar seco, via os mesmos olhos famintos e sem direção, ardia debaixo do mesmo sol inclemente. E, ao tomar consciência da causa do seu sofrimento e do contraste com a história da sua família, dizia a si mesma: – Que ridícula eu sou. Sim, é isso. Sou uma ridícula.

Parecia que todos ao seu redor estavam preocupados em deixar um legado, uma mensagem, que era a forma mais eficaz de imortalidade. Um legado, custe o que custar, nem que fosse preciso pisar a cabeça de milhares. Para serem lembrados como benfeitores, "gente que faz", homens e mulheres de ação sabiam que havia um preço a ser pago. O progresso e suas chamas. Quem podia se mexer de alguma forma lapidava o próprio busto em busca de ser lembrado um dia. Era o que dava para fazer enquanto o colapso não se apresentava. Agarre o seu cipó e voe! Faça algo antes que seja tarde, coloque-se aonde sua força pode ser importante, faça de um pobre-diabo o seu filho. Encontre uma causa pela qual faça sentido destruir o resto do mundo porque, meu amigo, há algum tempo está tudo por um fio. E na redação, onde passava seus dias, Nina via cada vez menos sentido na necessidade de juntar, filtrar e "arredondar" informações sobre aquele mundo destrambelhado. Aquele trabalho não fazia sentido. Ninguém estava entendendo nada. Havia uma ilusão de controle que há tempos cobria a História, mas agora chegara a vez dela: Nina Oliveira, qual a parte que lhe cabe neste imenso vazio? Em qual buraco você vai se atirar? O que você quer salvar? Esclareça algo, e rápido! Não pense que porque você saiu de um buraco está livre de mostrar seu porrete. Para ser lembrada, terá de se juntar a nós e dizer: "Eu sou uma filha da puta no reino de deus, uma titica no cosmo e, no Brasil, uma idiota que paga impostos. Mas por incrível que pareça, eu sou um daqueles que têm a sorte de carregar o seu próprio porrete".

11

Numa das noites em que se alisava no escuro do escritório, Samara se sentiu inspirada – estranhamente viva, dona de si e capaz, sobretudo capaz –, como se tivesse acabado de voltar de um funeral de alguém não muito próximo. Depois de algumas taças de prosecco e um baseado de má qualidade que tinha conseguido com Roberson, o caseiro, ela colocou um CD de Mahler para tocar em um aparelho que tinha trazido de Portugal e seguiu como que engatinhando para o seu cantinho secreto.

Da rua vinham os ruídos do final do dia e um cheiro leve de dama-da-noite que ela nunca tinha sentido em São Paulo e, muito provavelmente, partia de um incenso aceso no apartamento vizinho. Sozinha, deitada no sofá onde um dia J. B. recebera seus amigos ilustres, Samara sentia as bolhas estourarem no céu da sua boca e sorria ao som da nona sinfonia, que Bernstein regera para ela.

Após meio disco de carícias, sua energia começou a esmorecer. Como das outras vezes, muitas vezes, incontáveis vezes, a mistura desejada de calor e tremores não apareceu, seus dedos amarelados por causa do baseado paralisaram (até eles eram frios) e, de repente, Samara foi tomada pela consciência da própria frigidez. Ela não sentia prazer, não era capaz de se entregar, não pensava em outra coisa que não fosse J. B. Por um instante, quis chorar, morrer, acabar ali mesmo.

Algum tempo depois (quanto, ela não saberia precisar, sendo o tempo uma mera medida de quanto ela poderia suportar de si mesma), seguiu trançando as pernas com a taça pela metade até o quarto de J. B. e, sem encontrar o interruptor ou qualquer outra referência, deixou-se cair sobre a cama. Ficou lá, encolhida no escuro quase absoluto, o eco da música percorrendo suas ideias, voltando ao momento em que se afundara de vez.

J.B. entrou perto de meia-noite. Chegou caminhando devagar, amparado pela bengala, e não tinha nada que mostrasse entusiasmo ou tédio com o fim de mais aquele dia. Tão logo acendeu a luz, ao ver Samara esparramada sobre a sua cama, pressentiu algo ruim e deu uma bambeada, deixando a bengala cair. Samara então se levantou e andou na sua direção sem dizer nada, tomou a bengala e deu duas batidinhas com sua ponta no piso de madeira. Fechou a porta com o pé e, enquanto J.B. usava a parede como apoio, passou a bengala da mão esquerda para a direita.

J.B. encarou-a sem dizer nada. Ele não gritou nem se mexeu quando veio a primeira pancada, atingindo-o na altura da cintura balofa. Veio a segunda, no braço esquerdo. A terceira. J.B. ergueu as sobrancelhas para mostrar que não sentia nada. Não houve gritos. A cada batida, o choque contra ele gerava um som seco, abafado e incapaz de atravessar a porta, como se ela estivesse lutando contra um estofado parrudo e inerte. Samara soltava o braço e sentia – não sem um certo terror – que os impactos pareciam não surtir efeito, como se ocorressem debaixo d'água. Ela insistia, investia com o máximo de força nos braços, nas pernas, no tronco.

J.B. largou o corpo e suas costas foram deslizando sem pressa pela parede da porta. Seu rosto seguia vazio, sem expressão de medo ou de dor. Quando por fim ele começou a peidar e dizer "opa, opa, opa", Samara pegou seu queixo com a mão, puxou-o com violência para sua direção (sua mandíbula parecendo uma lança), e disparou uma paulada que acertou seu rosto de lado. Em segundos, sua orelha ficou da cor de um pêssego maduro.

Samara então soltou a bengala e começou a estapeá-lo por toda parte. Batia com raiva, desembestada como fazem as mulheres nessas horas, sem mirar um único lugar; ia onde havia espaço livre, sua mão indo e voltando naquela carne mole e insensível. Quando J. B. ergueu o rosto e mostrou a língua, ela urrou como uma besta, fechou a mão direita e começou a dar marteladas na parte de cima da sua cabeça. Depois de esmurrá-lo até quase esgotar sua força, atirou-se para longe dele, pegou a bengala de volta e começou a cutucar suas pelancas malvadamente, como alguém que tenta se certificar de que um animal abatido está mesmo morto. J. B. seguia impassível, mas aos poucos seu corpo revivia. Uma das mãos a puxava firmemente pelo braço, enquanto a outra tentava abrir o zíper da calça.

Quando Samara acordou, sua mente e seu corpo em busca de um consenso após um sonho tão real, J. B. estava entrando no seu quarto. Ela suspirou assustada com a luz e acabou derrubando a taça que estava no criado mudo. J. B. ficou parado na porta esperando que ela saísse.

Samara saiu da cama desnorteada. Sentiu uma taquicardia e seus olhos demoraram para se adaptar à luz, mal distinguindo o caminho da porta. Ao se pôr diante da cama, no trajeto que, seguido em linha reta, levava para fora do quarto, enxergou o que devia ser a silhueta rotunda do seu tio. Ela deu dois passos trôpegos até que, no terceiro, em um movimento quase involuntário, ergueu os dois braços em busca de um apoio, mas acabou tocando no ombro de J. B. Ele então a empurrou furiosamente na direção de uma cômoda ao lado da sua cama e, ao emparedá-la, sem que ela esboçasse se defender, deu-lhe uma meia dúzia de safanões e foi embora.

De madrugada, ao entrar no escritório de novo, Samara encontrou J. B. dormindo na sua poltrona. Antes que pudesse ir embora ou fazer qualquer coisa, fora terrivelmente invadida pelo cheiro da sua velhice. Samara desatou a chorar. Aquele odor se impregnara na casa e não havia nada que ela pudesse fazer. As cortinas, a escrivaninha, a poltrona onde ele costumava ler, as estantes repletas de livros, o abajur – tudo cheirava a morte, decomposição, decrepitude, como se no ar não houvesse mais nenhuma súplica pela vida, tampouco a chance de um fim com dignidade.

J. B. roncava baixinho e respirava com dificuldade. Samara se debulhava em lágrimas, mas não conseguia sair do lugar. Da janela semiaberta entrava uma brisa que apodrecia no escritório e depois percorria todo o apartamento. Mesmo assim, ali o ar putrefato só aumentava, tomando-a de nojo e náusea imobilizantes. Samara tentava se concentrar nas folhas das palmeiras que ziguezagueavam no lado de fora da janela, iluminadas pela luz branca dos postes, mas não, a fuga já não estava ao seu alcance. Era tarde para fugir. Ela chorava alto, nervosamente, mas não sabia muito bem por quê. Por que tinha se prestado àquele papel?, ela se perguntava. Por que J. B. a aceitara de volta na sua vida depois de tanto tempo? Ele rolava sob garras homicidas, não tinha lá muitas opções, sim, era verdade. Mas por que abrira as portas para ela, a sobrinha que estivera distante por quase trinta anos? Por que aceitar que os seus últimos dias fossem vividos com ela depois daquela tarde no Janelas Verdes?

Seria verdade que tudo, que todos eram passíveis da força do esquecimento? Seria possível que, antes de morrer, ele tivesse apagado as lembranças daquela tarde? Haveria chance de partir livre delas?

Ela própria colhera algum resultado após anos de laborioso esforço para soterrar as lembranças de quando seu tio tinha saído de casa e deixado sua mãe enlouquecer sozinha. De algum modo, aquelas memórias tinham sido transfiguradas pela necessidade, de maneira a pairarem quase irreconhecíveis entre outros momentos ignóbeis. Fora trabalho para algumas décadas, mas funcionara. Não tinha sido sem algum orgulho que, antes de seguir ao Janelas Verdes, Samara se sentara diante do computador e escrevera no campo de pesquisas do Google: Jerônimo Brickman + dramaturgo + indenização. Em termos bastante objetivos, ela tinha chegado à conclusão de que, se esbarrasse com "aquele sujeito" pelas ruas de Lisboa, era muito provável que seguisse sem se dar conta de que o ser roliço à sua frente era o homem com quem vivera na infância.

O primeiro passo fora dado pouco antes, naquele que seria o último contato com a mãe antes que ela morresse atropelada.

– Filha, eu não estou te vendo. Você ligou a câmera?

– Oi, mãe. Eu estou aqui. Não precisa de câmera.

– Claro que precisa. É muito chato conversar sem ver a outra pessoa. E eu também estou com saudades, né? Se não sou eu pra te ligar, você não dá sinal de vida...

A imagem surgia no monitor. Regina, mãe de Samara, usava um par de óculos vermelho de armação quadrada e mantinha outro para leitura pendurado por um cordãozinho escuro. Ao fundo, via-se a imagem de uma tevê ligada. Samara estava de cabelo preso e roupão de banho.

– Você recebeu minha mensagem? Tem lido os jornais?

– Não, mãe. Eu mal tenho tempo para abrir e-mails. O que foi?

– Samara, ele recebeu mais de um milhão, filha.

– E daí?

– Ué, daí que a gente vivia com ele naquela época. – Enquanto falava, Regina buscava alguma coisa no meio de uma bagunça sobre a escrivaninha. – Esse dinheiro também é nosso!

– Que nosso o quê, dona Regina? A senhora acha que ele sabe que a gente existe? Eu perdi a minha esperança quando tinha doze anos. Não é possível que depois de tanto tempo a senhora ainda acredite nas boas intenções desse cara. Ele nem sabe que nós existimos.

– Também não é assim. Pronto, está aqui a matéria que eu quero te mostrar.

Samara não falou nada, apenas dirigiu um olhar que dizia o que pensava com absoluta clareza.

– Seu tio era muito carinhoso com você. Ele acabou se afastando depois que a gente se separou, mas no começo ele era muito presente. Não é justo fazer de conta que ele não existe... Mas tudo bem, tudo bem, se você prefere enterrá-lo vivo eu não vou dizer nada.

– Melhor assim.

Mãe e filha se mantiveram em silêncio e olharam para baixo por alguns segundos, até que Samara começou a se preparar para ir embora.

– Bom, acho que é isso – disse ela. – Tenho que tomar banho e resolver umas coisas.

Regina largou o recorte de jornal sobre a escrivaninha e suspirou contrariada.

– Eu não preciso, O.K.?! E mesmo que precisasse!... eu simplesmente não quero.

– Pensa bem, filha. É o seu futuro.

– Do meu futuro quem sabe sou eu. Pode ficar tranquila.

– Posso mesmo?

Samara olhou para a câmera com ódio e se endireitou como quem vai dar um contragolpe com a cabeça.

– Mas eu não consigo, filha! Eu sou sua mãe! Você saiu daqui faz sei lá quantos anos e só embarcou em furada. Foi para ser atriz e até hoje não sei de nenhum trabalho que você tenha feito. Você não me diz nada. Ninguém sabe nada... Eu me preocupo. Não sei do que você vive. – Durante alguns segundos, as duas se olharam em silêncio. – Às vezes o pessoal aqui fala...

– O pessoal fala o quê?! Tem certeza que quer continuar essa conversa? Tem certeza?

– Tudo bem, chega, não quero te irritar...

– ...

Ao perceber que seu tempo estava expirando, Regina respirou fundo e tentou se concentrar.

– Esse dinheiro também é seu, Samara. A indenização paga pelo governo diz respeito a uma época em que os casais dividiam todos os bens... Tudo o que nós conquistamos juntos é meu e dele. Por que seria diferente com esse um milhão? E tem coisas de que você nem se lembra, mas que são uma questão de honra pra mim. Enquanto ele estava sumido aprontando, eu cuidava de tudo em casa. Tudo! Se você não pedir a sua parte, não vai ser aquele cachorro que vai te procurar, ah, mas não vai mesmo! Ele vai torrar tudo com a primeira vagabunda que aparecer.

– Obrigada, mas eu não estou interessada.

– Você é quem sabe. Depois não diga que eu não avisei.

Sua mãe não estava mais lá. Zeca a abandonara. Miguel, o gato, também se fora. Restavam J.B., Judite e Tiago. Fiel à longa tradição de chefe das famílias disfuncionais, Samara temia acima de tudo o apagar das luzes. A noite não podia esperar mas a noite estava em todos os lugares, e agora era o berço onde ela chacoalhava o sono daqueles que sorriam com seus dentes raivosos, a própria imagem do que significava a palavra letal. O medo, o medo de caminhar. O medo de abrir os olhos. O medo de sentir o próprio corpo como a origem do mal. Ora o corpo, ora o Corpo. Todo ele expelindo gosmas próprias, suculentas e independentes.

Onde ele moraria, o mal? Nas unhas pintadas com apuro, na pouca luz que atravessava as janelas, na primeira gota de saliva a umedecer o ato, nos dentes raspando uma veia, nos cabelos negro-azulados cobrindo o rosto e a raposa desbotada na sua dança cadenciada e sensual e mortífera?

Onde ela aprendera a ser tão boa?

Ahannn, ennntão-quer-disser-que-sôboa-mesmo-nanssou?

As noites sem fim de São Paulo. Sirenes, gemidos, televisores iluminados por calores insones, o andar superior do desespero, gases ratatatá inalados como o carinho supremo de mais uma noite vazia... E lá vem Tiago chegando da rua com mais uma amiga, amiga de amigos ou a prostituta que podia ser a modelo de quarenta quilos ou a matrona felliniana. Lá se vai mais um quadro, um saco de cabides, uma garrafa de vinho do porto, um santo barroco e um faqueiro embolorado. Lá se vai a força.

Com um conjunto vermelho que valorizava sua pele clara e contava com espartilho, meias de cinta-liga, o jogo todo, além de batom *deseo* e saltos de dominatrix, Samara fechou as cortinas do escritório, instalou a câmera sobre a estante e acionou o crônometro para tirar uma foto. Daí era só sair correndo e encontrar a melhor posição dentro de quinze segundos.

– Com a bunda arrebitada e uma boa luz, qualquer uma pode virar a Gisele Bündchen – ela disse para si mesma.

O corpo, sempre o corpo.

Se não fosse por ele não teria sido preciso cuspir aquela porcaria toda no chão de um lugar tão bonito. A sujeira ainda viva, de um quentinho quase gostoso, não fosse de quem era, viva e tenaz, serendipitosa na sua força de transformar o desejo numa outra coisa.

Fomos todos enganados, ela pensa. E acaba caindo no sono.

12

Numa manhã fresca de terça-feira, uma manhã qualquer no início de setembro, Judite trocou de roupa e saiu para fazer compras para a festa do dia seguinte. Sim, porque os encontros no apartamento de Higienópolis continuariam, ou pelo menos era assim que ela queria enxergar sua vida dali em diante. Pouco importava que as motivações não fossem as mesmas do passado – desde que ela passara a ter algum controle do que se passava na casa, seu valor primordial estaria em trazer à tona a lembrança de que a vida doméstica podia respirar além do horror.

Samara não havia pedido nada, no entanto, por conta própria, com uma iniciativa que a fizera se sentir sagaz, preciosa e, de alguma forma, acesa pela excitação da urbe – portanto, mais longe de sua vida na Bahia –, ela decidira apanhar a sacola de nylon com tiras coloridas, 150 reais guardados dentro de um envelope em que estava escrito "SOMENTE PARA EMERGÊNCIAS" sobre a geladeira e uma lista que ela mesma tinha preparado. Nela anotara tomate cereja, cebola roxa, toucinho (mais uma ideia totalmente sua, um verdadeiro ato de ousadia já que sem precedentes nos encontros anteriores), vinho tinto, cenoura, sal grosso, queijos de capa rosa, suco de tomate e água com gás.

Vinho tinto, ela repetia para si mesma antes de entrar no elevador. Não vermelho nem roxo: o nome dele era tinto.

Sem dizer nada para Samara, ela também tinha planejado fazer as compras não no empório Santa Luzia da alameda Lorena, como de costume, nem no Pão de Açúcar da avenida Angélica, que um dia fora o lugar das compras "de emergência". Ela iria às biroscas de Santa Cecília, algumas quadras depois do Minhocão. Lá, em meio a barracas de vendedores ambulantes, botecos que serviam de base para travestis e esquinas feitas de mirante por batedores de carteira, ela iria peneirar os tomates e as cebolas que haviam sido descartados em outros lugares; a poucos metros dali, ao lado de um orelhão ilhado por crackeiros, iria usar do seu charme para conseguir alguma pechincha nas compras do açougue.

– Hoje o coraçãozinho de frango está uma beleza – diria o açougueiro, à espera do sorriso que permitiria a cantada infame.

A vida era boa, pensava Judite, e logo as coisas iriam melhorar.

Quando ela saiu do Edifício Prudência, as sombras dos fícus da avenida Higienópolis faziam a sua parte envolvendo os porteiros que varriam as calçadas e as domésticas que tomavam as portarias em bandos, carregando sacos de pãezinhos ainda quentes. A primavera dava seus primeiros sinais, os raios de luz escapavam placidamente por entre as frestas dos prédios e eram amaciados por árvores, pombos e fios elétricos. Os cachorros desfilavam com seus donos de cabelos esbranquiçados pedindo uma atenção que, pelo menos ali, naquele ínfimo porém inigualável pedaço de mundo, quase sempre era dada. Às vidas afeitas aos excessos, havia o sofrimento causado por grande expectativa: dentro de alguns meses surgiria o arroubo primeiro que partia da natureza e servia como fonte de inspiração a todos os demais, como se certo tipo de explosão sanguínea só fosse possível após esse aval supremo.

O pagamento não vinha havia três meses, mas Samara não iria deixá-la na mão. Também não iria enxotá-la. Não, isso não. Não a Judite, que era quase da família. Agora só faltava encontrar alguém que quisesse meter, ela pensava.

Judite seguia pela Rua Martim Francisco, um caminho que gostava de fazer porque, passada a Rua Jaguaribe, avistaria a fachada da Rota do Acarajé. Ela nunca tinha ido a um restaurante, mas pensava que um dia, quando entrasse parte do dinheiro que Samara estava devendo, sentaria em uma daquelas mesas de lata na calçada, pediria uma cerveja alemã – as letras do rótulo parecendo uma fachada de igreja com um ar levemente triste – e um acarajé. Iria beber e comer à vontade, mas não até cair. Já tinha aprendido pela experiência que dar vexame era um direito a ser conquistado, em nada diferente de um banheiro com água quente, da permissão para comer os restos ou de um dia de folga.

Em um trecho onde os prédios se enfileiravam e engoliam a rua como num corredor polonês, a luz do sol desapareceu e Judite sentiu um vento frio subir pelas canelas. "São Paulo é um gelo", ela tinha escrito na semana anterior para seu filho em Iguaí. Um gelo, ela pensava, por um segundo imaginando o ridículo que seria bater o queixo ali na rua (um ridículo inaceitável para alguém que começava a construir sua reputação), para logo em seguida lembrar-se de que não podia se esquecer de outra coisa.

Era o vinho. Ele tinha que ser tinto. Tinto e frutado, ela lembrara, embora a parte das frutas ela tenha omitido sabiamente ao encontrar-se diante do atendente manquitola da birosca que vendia bebidas.

Perto dali, em um trecho sinistro da Rua Frederico Abranches que começava nos fundos da Paróquia Santa Cecília, Hélio Ferreira, o Helinho, colocou o câmbio do carro em ponto morto, puxou o freio de mão e olhou de soslaio à direita, à esquerda e depois para trás com a ajuda dos seus retrovisores engordurados. Ele não podia estacionar ali, o que era um fato difícil de aceitar, não obstante a verdade era que Helinho jamais aceitava pagar qualquer estacionamento.

Naquele caso, a afronta inaceitável estava em não haver quase nada na rua além de uma agência do Bradesco, muquifos com estranhas portas de aço que estavam sempre pela metade com algum tipo mafioso sentado à frente e, no que parecia ser o ponto alto, o prédio do Sindicato dos Trabalhadores em Empresas de Transportes Rodoviários e Cargas Secas e Molhadas de São Paulo e Itapecirica da Serra. Helinho repetia o nome inteiro para si mesmo e fungava com uma raiva que lhe espocava o estômago. Aquilo, para ele, era a quintessência da porcaria humana.

O que o incomodava nem era tanto o fato de que o letreiro metálico reproduzia a imagem de uma carreta e o nome do sindicato estivesse na sua carroceria estúpida e desproporcionalmente maior que a boleia. Também não era o fato de que o "S" inicial estivesse um nível abaixo das outras letras, de forma que o "ajuste" permitisse uma esquisita harmonia com o traçado da janela branca do primeiro andar, janela esta que tinha vista para o nada.

O que parecia verdadeiramente boçal, coisa de debiloide mesmo, era o que vinha logo abaixo, entre parênteses: Fundado em 26-11-89.

Por que cargas d'água algum idiota desmiolado pensava que aquilo era importante?, o assistente de Tião se perguntava, atiçando ainda mais a sua gastrite. Era preciso ser muito palerma para pendurar aquilo na fachada do prédio. Valorizar uma porcaria de data denotava um nível de ignorância que deveria ser o bastante para tirar o camarada de circulação. O retardado que fizera aquilo merecia sofrer muito na vida. Ah, sim, merecia. Porque alguém que fazia uma coisa assim não podia servir a nada nesse mundo. Também não podia aprender mais nada, então por que salvá-lo?

Havia um estacionamento um pouco antes de onde Helinho estava, mas ele não queria abrir a carteira, por isso acionou o pisca alerta e vasculhou a área uma última vez para se certificar de que não seria surpreendido por um marronzinho de bloco na mão.

Ainda dentro do carro, ele abriu a porta e escarrou na calçada. A gastrite arregaçando as mangas e agarrando suas glândulas e deixando um gosto de folha queimada na boca. À sua direita estava um muro de concreto tomado de pichações sobrepostas – um rasgo de feiura recente que trazia um pouco de vitalidade numa vizinhança caindo aos pedaços.

Todos os meses, ao fazer aquele trajeto, Helinho pensava que ali estava uma oportunidade de investimento (a simples imagem dessas duas palavras iluminando o começo do dia e abrindo espaço para que ele sentisse algo próximo da esperança). Duas ou três vezes ele voltara para a Una Empreendimentos Imobiliários decidido a falar com Tião sobre isso, porém, de última hora, acabara engolindo a própria ideia; sentia-se envergonhado e tinha certeza que o patrão iria gozar da sua cara.

"Ah, quer dizer que agora o doutô aí também sabe avaliar imóveis?! Rá! Mas era só o que me faltava! Depois dessa, o que mais eu posso esperar? Hoje avalia imóveis, amanhã vai me botar daqui pra fora! Pois saiba que essa história eu conheço muito bem... Agora faça o favor de fechar essa matraca e venha aqui pegar mais um servicinho..."

Humilhado por antecipação, tinha decidido fazer uma sondagem por conta própria. Ao analisar as bibocas instaladas no andar térreo de prédios moribundos – gráficas, lavanderias e botequins –, sentia que ali estava o seu futuro. Ali estava uma chance de dar a volta por cima e mandar todo mundo à merda. Enquanto caminhava, sentia o sangue arder e via a si vestido como barão dos imóveis de Santa Cecília, o homem que teria poderes para comprar e expandir e esmagar sem sujar as mãos, como a variação canhestra da imagem que lhe inspirava tanto respeito.

Investimentos. Expansão. Vamos quebrar tudo nesta bosta.

No boteco mais próximo, ele pediu uma Coca-Cola e um pastel de pizza, apoiou um cotovelo no balcão e olhou para a rua como quem vê um horizonte que se expande para além das ambições humanas. Ao examinar Tião, tinha aprendido a importância de – antes de qualquer coisa, antes mesmo do aperto de mãos, de falar em dinheiro ou mencionar um contrato – portar-se à altura de um especulador imobiliário.

Estou aqui para mudar de uma vez por todas a cara deste fim de mundo. Estou aqui para dar uma chance, ele mentalizava.

Quando o gordo baixinho que parecia o dono do boteco se aproximou, ele o chamou com uma voz titubeante:

– Assim, só pra ter uma ideia, mais ou menos por cima, quanto tá valendo uma sala comercial dessas... uma dessas aqui perto do Minhocão?

Do lado de dentro do balcão, o homem gordo e baixo espremido em um avental azul-claro olhou de relance para Helinho. Logo reconheceu o tipo. Era mais um capanga atrapalhado com pinta de diletante do capitalismo. Ele então recolheu o prato vazio onde tinha servido o pastel e passou displicentemente o seu pano encardido sobre o balcão de alumínio.

– Olha, chefe, essas coisas de preço de imóvel andam muito compricadas. Não sei como estão agora, mas chutaria que um ponto numa localização central como essa não sairia por menos de duzentos paus.

Helinho saiu cabisbaixo, sentiu-se ainda mais humilhado por ser agora motivo de chacota do grande mestre dos pastéis do quinto dos infernos. Durante algum tempo ele ficou repetindo o valor para si mesmo em uma espécie de tortura em que o estrondoso número ia e voltava, ia e voltava, chocando-se contra a sua esperança de um dia conhecer o amor-próprio. O número, enfim, como um agente implacável da sua humilhação.

Duzentos paus, ele pensou, o número começando a expandir suas articulações como uma força motora capaz de movimentar os dentes da engrenagem. Duzentos paus. Por que não? Duzentos paus. Quem disse que ele não podia? Duzentos paus. Aquela rua ainda seria dele. Duzentos paus. seria dele e aquilo ia começar hoje. Ia começar agora. Duzentos paus. Ia começar com algo que ele devia ter feito há tempos. Aqueles duzentos paus seria dele.

Helinho caminhou triunfante na direção do Minhocão. Ele levou a mão ao bolso de trás da calça e sentiu a sua carteira inchada. Eram os quinhentos reais da mesada que todo mês ele levava para o maldito. Tudo para a farra daquele amaldiçoado que fazia todas as suas necessidades na rua, como se fosse um animal. O que aconteceria se ele tomasse 20%, 30%, 50% daquela grana? Que diferença ia fazer para um vagabundo que trepava com desconhecidas debaixo de um viaduto e fazia fogueiras com tralhas recolhidas na rua? O que ele faria com o dinheiro? Para onde ia aquela grana que Tião mandava todos os meses para que seu irmão ficasse quieto no seu canto, multiplicando sua desgraça desde que não desse trabalho?

O que Helinho viu ao se aproximar do elevado foi o futuro. O futuro finalmente sorria para ele. Era verdade que ele existia. Aquele era o futuro que todos diziam que um dia passaria na sua frente.

Ele escarrou no chão, mas desta vez como ato de alegria, com uma força que o fez acreditar que até a gastrite iria se tornar sua aliada.

O futuro existia e nunca mais ele iria deixá-lo ir embora.

nota do autor

Ponto de partida para a criação da personagem de J. B., a censura à encenação de *Romeu e Julieta* pela TV Globo foi um marco na história recente do Brasil. A recriação desse episódio mudou um fato crucial: na realidade, a exibição do corpo de baile do balé Bolshoi pela TV Globo foi vetada de última hora pelos censores brasileiros. O episódio seria um dos mais emblemáticos da falta de critério e da boçalidade da censura.

sobre o autor

ROBSON VITURINO nasceu em São Paulo, em 1979, e passou a infância e a adolescência no interior paulista, onde vive sua família. Em 2001, voltou a São Paulo, cidade onde mora e trabalha desde então, com um breve intervalo de um ano, período em que viveu em Chicago. É escritor e jornalista (formou-se em Jornalismo na PUC-Campinas). Além de prosa de ficção, publica perfis, resenhas e reportagens em diversos periódicos. Em 2012, recebeu o Grande Prêmio de Reportagem da Editora Globo por antecipar a derrocada do empresário Eike Batista. *Do outro lado do rio* é sua estreia na ficção.

© Editora NÓS, 2016

Direção editorial SIMONE PAULINO
Projeto gráfico BLOCO GRÁFICO
Assistente de design STEPHANIE Y. SHU
Revisão ELOAH PINA
Produção gráfica ALEXANDRE FONSECA
Assistente editorial KATLIN BARBOSA

Dados Internacionais de Catalogação na Publicação (CIP)
(Câmara Brasileira do Livro, SP, Brasil)

Viturino, Robson
   Do outro lado do rio: Robson Viturino
   São Paulo: Editora Nós, 2016
   192 pp.

ISBN 978-85-69020-15-8

1. Romance brasileiro I. Título.

16-05758 / CDD-869.1

Índices para catálogo sistemático:
1. Romances: Literatura brasileira 869.1

Todos os direitos desta edição
reservados à Editora NÓS
Rua Funchal, 538 – cj. 21
Vila Olímpia, São Paulo SP | CEP 04551 060
[55 11] 2173 5533 | www.editoranos.com.br

Fonte TIEMPOS, EUCLID FLEX
Papel POLÉN SOFT 80 g/m²
Impressão INTERGRAF
Tiragem 1000